Las Minas de Jedira

Cal Davis

Portada del libro por Randi Gammons

Traducido por Jody y Paola Rodriguez Lindsey

Revisado por Victor Sanchez

DEDICATORIA

Para Lydia, Attikus, Lillian, y Adonis

¡La lectura debe ser divertida!

CONTENIDO

Sección 1

Un Nuevo Hogar

Braven sentía náuseas con cada subida y bajada repentina del transporte y se sujetaba fuerte. Tenían que volar para llegar a su destino, lo cual era una experiencia única. No tenía miedo a volar, sin embargo, no le gustaban los movimientos bruscos. Papá estaba callado mirando por la ventana al lado. Seguramente estaba pensando en el clima, ya que siempre se preocupaba de que alguna de las tormentas violentas llegara de repente a destruir todo. A Mamá le encantaba viajar y disfrutaba de cada momento.

A los Triton los habían asignado a la Colonia Zeta, la cual se ubicaba a aproximadamente mil doscientos kilómetros de la Colonia Alfa, la sede central en el Planeta Jedira. Papá había sido nombrado Jefe Meteorólogo de la colonia, un puesto que había solicitado desde que abandonaron la Colonia Delta y formaron la Colonia Zeta. Mamá estaba a cargo de establecer el departamento de botánica de la nueva colonia. Braven se sentía orgulloso de sus papás y sabía que harían un trabajo excepcional en sus nuevos puestos.

La Colonia Zeta era pequeña. Había existido por sólo algunos ciclos lunares. Se estableció después de que descubrieron un metal crudo natural en el área. Las compañías de manufactura necesitaban este mineral; Braven no entendía bien para que lo usaran, pero sabía que era importante para ellos.

Los Exploradores de Descubrimientos eran la clave para encontrar este mineral. Braven había conocido a uno de ellos y estaba muy impresionado con su misión, que era 'buscar, explorar y descubrir para poder expandir la presencia humanoide.' Se imaginaba a sí mismo en una aventura de exploración en un planeta lejano, incluso tal vez negociando con los habitantes humanoides. ¡Qué gran aventura sería!

Los humanoides eran los habitantes dominantes en todos los planetas. Aunque los habitantes de los cinco planetas habitables eran únicos en sus propias especies, todos tenían dos brazos, dos piernas, una cabeza, etcétera y todos eran reconocidos como humanoides.

Por lo que Braven había aprendido de Jedira, en sus estudios de biología planetaria, este planeta en el cuadrante de Capria-Bateli, era completamente diferente a los otros planetas como Proxima B, Tierra, y su planeta de origen, Edén. Aquellos planetas eran brillantes por su flora y fauna de gran diversidad de colores. En Jedira, la corta vegetación de color azul turquesa cubría toda la planicie. Algunas plantas producían flores, pero eran casi del mismo color que las hojas y los tallos. Aunque ese color no era feo, ¿dónde estaban los tonos de rojo, verde, naranja, amarillo y otros colores que le gustaba apreciar? Él había visto aquellos colores en una ocasión, durante un viaje a las Torres, pero se debía a una anomalía en el planeta.

Braven había escuchado que la Colonia Zeta se ubicaba en un área 'muy distinta' a las demás. No sabía bien a qué se referían. Tal vez vería un poco más de variedad en Zeta.

Se aproximaban a un ligero cambio en la topografía. Había conjuntos de torres de piedra en todo el panorama. Algunas plantas parecían crecer más alto que las que rodeaban la colonia, pero ninguna alcanzaba una altura significante.

Braven veía el paisaje uniforme y parejo. No le pareció nada nuevo ya que casi todo lo que conocía del planeta se veía así…plano. Podía ver los monolitos de piedra que parecían estar parados en grupos sobre todo el paisaje, era todo lo que podía apreciar desde el suelo. De repente una sombra que pasó por enfrente captó su atención. Braven se quedó sin aliento por un segundo.

Papá y Mamá le preguntaron si estaba bien.

«Pasó una sombra muy rápido por ahí,» dijo.

«Desapareció en el suelo debajo del follaje. ¿Qué podría haber sido?» Para empezar, no había récord de criaturas en el planeta. Aparte, el follaje era muy corto como para poder ocultar algo de tamaño significante. Además, si fuera algo lo suficientemente pequeño como para esconderse ahí, Braven no lo podría haber visto. Si se trataba de una máquina o algo así, no se habría podido esconder.

Papá sugirió que tal vez había sido la sombra del vehículo aéreo o el reflejo de la luz de Capria. Por muchos kilómetros, Braven siguió buscando otro ejemplo como el que creía haber visto pero nada lograba captar su atención.

El transporte se iba acercando al Gran Abismo, que era la razón por la que tuvieron que viajar por aire. Era una depresión de veinte kilómetros de ancho, cubierta de rocas afiladas. Bajaba a muchos kilómetros de la superficie y sólo podía cruzarse vía aérea. Los exploradores habían descubierto este barranco hacía varios años, pero no se había explorado mucho hasta que la Colonia Zeta fue establecida.

Mientras pasaban por el abismo y se acercaban a su destino, Braven se percató de que había colinas, algo que no había visto desde que vivía en Jedira. Había monolitos alrededor de las colinas y plantas mucho más altas. Oía a los otros pasajeros hablar de las diferencias en el paisaje.

El vehículo rodeó la colonia y se paró en un llano a la

orilla hacia el oeste. Braven podía ver la pequeña colonia. Algunos individuos esperaban para saludar a los nuevos colonos. Los pasajeros tomaron sus pertenencias y salieron de la aeronave.

Braven observaba el terreno y encontró una gran variedad de diferencias. Había una montaña o una colina muy grande con un acantilado inclinado hacia la colonia. La flora crecía mucho más alto. Los árboles crecían más alto que las personas. El pasto les llegaba a las rodillas. Todas las plantas eran de un color distinto a lo que habían visto.

Había una expresión de asombro en las caras de los nuevos visitantes mientras observaban las vistas inusuales. Hasta el aire se sentía diferente: más denso, un poco más húmedo y tibio, muy diferente al que habían conocido. Había una fragancia nueva en el aire, no era desagradable, pero Braven no lograba reconocer su fuente.

«Saludos. Soy la Directora Scapole. Espero que su viaje haya sido de su agrado. Bienvenidos a la Colonia Zeta.» La mujer se veía contenta de ver a los nuevos colonos. «Quisiéramos mostrarles sus nuevas unidades, después tendremos una reunión en el commons esta tarde. Si tienen cualquier pregunta, por favor háganselo saber a sus guías. Necesito confirmar la identidad de cada uno para poderles dar acceso a nuestro sistema local de comunicación N-Line.»

Comenzó a pasar lista y después le asignó un guía a cada familia.

Braven y sus papás fueron recibidos por una niña, un poco mayor que Braven. Ella sería su guía en la nueva colonia. Se llamaba Sunset, ella y su familia habían sido de los primeros colonos en Zeta. Juntaron sus pertenencias y la siguieron a una de las unidades de la nueva colonia. Era un agradable y pequeño edificio con cuatro habitaciones. Mamá le asignó a Braven la recámara más pequeña. Él puso sus cosas en el piso y regresó a la habitación central donde estaban los demás.

Sunset preguntó si querían tomar alimentos. Los dirigió al Centro de Distribución de Alimentos, al que todos llamaban cafetería. Le agradecieron, pero ninguno de ellos tenía hambre. Ella les recitó de memoria la introducción a la colonia y les dio los detalles acerca de la reunión. También les pidió que revisaran constantemente sus mensajes N-Line para saber la hora exacta de la junta y les dijo que los vería ahí. Papá y Mamá le agradecieron por su ayuda y le dijeron que la estarían buscando.

Los tres regresaron a su habitación central y se tomaron de las manos como acostumbraban. Papá bendijo su nuevo hogar y la nueva colonia. «Que hagamos nuevas amistades y que prosperemos en todo lo que hagamos a dondequiera que vayamos.» Mamá y Braven estaban de acuerdo.

Braven regresó a su recámara. Los muebles eran buenos, pero no tan lujosos como los de Alfa. Organizó todas sus cosas a su manera, guardó su ropa y calzado en el clóset de la pared y acomodó su cama. Después regresó a la habitación central a esperar a sus papás.

Papá entró primero, diciendo «Como tú quieras.»

Mamá lo seguía y dijo, «Ya sé que a ti no te importa tanto, pero quisiera tu opinión.»

Papá se volteó, le dio un abrazo, y dijo, «Como lo quieras acomodar, estará perfecto. Eres muy buena para la decoración.»

«Oh, sólo lo dices porque es cierto,» respondió ella con una sonrisa.

Braven sacudió la cabeza y sonrió.

«Oigan, vamos a explorar un poco la colonia antes de la reunión,» dijo Mamá.

«Tendremos que buscar a Sunset,» dijo Papá, ya que él siempre quería llegar puntual y tener todo en orden.

«Ya la encontraremos,» respondió Mamá. «No se podría esconder en este lugar.» Sonrió.

Salieron de su unidad a explorar su nuevo hogar. Había una calle ancha a través del centro de la colonia con edificios en cada lado. La siguieron hasta que se terminó al pie del acantilado. La pared de la montaña se elevaba sobre ellos.

Braven estaba asombrado al ver el gran tamaño de la formación. Le intrigaban las características geológicas y las capas de sedimento que se apreciaban en las rocas. Recogió una piedrita que se había caído de la montaña y la examinó con cuidado. Era el mismo tipo de roca de granito que había visto antes, pero también había una mezcla de otros minerales que no reconocía.

Dieron media vuelta y siguieron la calle hacia el otro extremo de la colonia. Iban viendo los edificios que había en el camino y se encontraron con la cafetería a la orilla del commons. El commons era un área abierta en el centro de cada colonia donde se llevaban a cabo juntas y actividades locales. Alrededor del área había oficinas administrativas y de investigación. Al centro del commons había una pequeña pérgola. Al otro extremo de la colonia, el camino se iba estrechando, lo que culminó su pequeño viaje de exploración porque ya no había más edificios.

«No hay mucho que hacer aquí.»

«Lo sé. Bueno, hoy con las quince llegadas nuevas, incrementaron su población en un veinte por ciento,» dijo Mamá sonriendo. Todos se rieron.

«Es un campo de investigación y pronto se convertirá en un puerto de producción para las demás colonias.» Papá siempre tenía las respuestas correctas. «Seguramente pronto incrementará bastante la población.»

«No he visto a muchos de mi edad aquí,» dijo Braven. «Bueno, al rato veremos en la junta.»

La familia se iba acercando hacia la plaza donde algunas personas ya habían llegado para la reunión. La asistencia creció poco a poco hasta que un grupo de alrededor de sesenta humanoides estaban reunidos para escuchar los anuncios.

La directora se paró bajo la pérgola y comenzó dando la bienvenida a los recién llegados. Todos aplaudieron y ella les pidió que los saludaran y los hicieran sentir como en casa. Después empezó a hablar de negocios.

Braven inspeccionó la pequeña multitud humanoide. Había algunos del Planeta Tierra, proximanos y edenios. No había radzierianos. Reconoció a un blauken, una especie de bliteque con una atractiva piel de color malva y falta de la típica nariz humanoide. Esa especie no era físicamente capaz de formar palabras audibles en el idioma universal, por eso siempre portaban un traductor. Entre la multitud vio a uno o dos niños de su edad que estaban sentados con sus papás.

La directora terminó su discurso y otros dos individuos dieron algunas instrucciones. Era una junta típica colonial a las que había asistido antes. Asumió que los adultos necesitaban escuchar esa información, pero él habría preferido estar mirando las estrellas.

Por fin se terminó la junta y Braven caminó hacia donde

estaban los otros dos chicos de su edad. Los vio salir para sus unidades, así que decidió presentarse con ellos en los días siguientes.

«Hola, ¿cómo te llamas?» El saludo amigable provino de un niño pequeño.

Braven le respondió, «Hola, soy Braven. ¿Y tú?»

«Skylar,» respondió el niño de pelo rubio.

«Hola Skylar, ¿cuánto tiempo llevan tú y tu familia asignados aquí?»

«Uf, cerca de dos ciclos wilstorianos,» dijo el niño, «desde que se estableció la colonia.»

Braven se sorprendió. Nunca había escuchado a un niño usar ese tipo de terminología. Ni siquiera él llamaba a los meses o a los ciclos lunares 'ciclos wilstorianos.'

«¿Vienes de Alfa? ¿Cómo es allá? Nosotros viajamos desde Edén. Pasamos una noche en Alfa y luego llegamos aquí,» dijo Skylar.

Braven estaba desconcertado por su nuevo amigo parlanchín. No sabía a cuál pregunta contestar primero o cómo responder, así que mejor preguntó, «¿Eres de Edén?»

«Sí, nací ahí. ¿Por cuánto tiempo has estado en este planeta?»

Las preguntas continuaron con sólo algunas respuestas. Braven, a quien no le molestaba tanta conversación, iba caminando hacia donde estaban sus papás. Skylar lo seguía y continuaba hablando hasta que alguien llamó su nombre.

«¡Ya voy! Me tengo que ir, nos vemos mañana.» El chico se despidió.

«¿Dónde encontraste a ese niño?» preguntó Mamá cuando el niño ya se había ido.

«Creo que él me encontró a mí,» Braven dijo lentamente.

«…y se te pegó como chicle.» Mamá terminó su frase. «Tal vez conozcamos a su familia mañana.»

La noche estaba tranquila, ocasionalmente se escuchaba algún ruido poco familiar proveniente de la oscuridad. Las luces sobre la calle iluminaban la colonia. Se escuchaban algunas voces distantes de humanoides en lo que disfrutaban del ambiente nocturno. El viento soplaba suavemente. El satélite más pequeño de Jedira, Kadyen, se apreciaba en lo alto pero debido a su tamaño, daba muy poca luz. Ocasionalmente pasaba algún colono con sus luces eléctricas encendidas.

Braven se sentó en silencio a mirar las estrellas. Se preguntaba qué retos y responsabilidades enfrentaría en su nuevo hogar. Sabía que después de lo que había experimentado en su vida, ahora podría enfrentar cualquier cosa, pero a la vez sentía que le faltaba mucho en cuanto a sus logros y liderazgo. Decidió tomar un día a la vez y aprender de los demás.

Sección 2

El Viaje de Estudios

A la mañana siguiente, Braven abrió los ojos y vio la luz de Capria resplandecer por su ventana. Le encantaba ver el amanecer y levantarse antes que los demás. Se alistó y salió por la puerta principal. El aire se sentía tan denso que se le dificultaba respirar profundo. Estuvo frente a su unidad un rato, investigando el área. La fragancia que notó al llegar volvió con fuerza. Respiró el aire húmedo, pero se detuvo al sentir el olor extraño.

«Ahí estás,» dijo Papá, «¿Estás listo para desayunar?»

«Sí, claro.»

«Mamá estará lista pronto, luego iremos a comer algo.»

Después de unos minutos, la familia se dirigió a la cafetería. Mamá se iba deteniendo en el camino para presentar a su familia a cada colono que se topaba. Braven tenía mucha hambre cuando por fin llegaron. Al entrar, Mamá los seguía presentando.

«Mamá, ¿podrás recordar el nombre de cada uno?» susurró Papá

«Es probable,» dijeron Braven y Mamá al mismo tiempo. Los tres se rieron.

Después del desayuno, fueron al edificio administrativo principal para presentarse en sus estaciones de trabajo y para registrar a Braven en la escuela.

Ah, una nueva escuela. Espero que los niños sean amables. Uno de los ingenieros acompañó a Papá a su nuevo lugar de trabajo. Una asistente saludó a Mamá y la acompañó a su nueva estación. Braven se quedó parado esperando a alguien que lo acompañara a su nueva escuela. Miró alrededor de la habitación vacía. No había muebles ni decoraciones en la pared; sólo una sencilla habitación y una mujer que estudiaba su tableta de datos.

Después de algunos minutos, Braven le preguntó si alguien iba a venir por él. Ella medio le respondió. Braven continuó en silencio, de pie. Se asomó por una de las ventanas que daban hacia el patio del commons. Había niños de todas las edades reunidos en tres grupos de cuatro o cinco de edades similares.

«¿Se supone que vendrían por mí o tenía que llegar solo

a la escuela?» preguntó Braven respetuosamente.

«Puedes irte tú solo si sabes dónde es.»

¡Qué poco amable! Le agradeció y salió de la habitación.

Braven se unió a uno de los grupos de estudiantes que estaban en el patio. Al llegar identificó al profesor que estaba contando a los alumnos.

«Hola Braven.» Lo saludó Skylar con una radiante sonrisa. Estaba en un grupo de niños mayores que él. Braven había asumido que los niños estaban agrupados por edades, pero tal vez no.

«Hola, Skylar.»

«Tú debes de ser uno de los nuevos estudiantes de Alfa.» El hombre le dirigió una mirada rápida. «Enseguida estaré contigo.» Continuó contando. Braven no entendía por qué contaba tan meticulosamente si sólo había quince niños en total.

«¿Cómo te llamas?» Fue la primera de muchas preguntas que el hombre le hizo.

Braven respondió a todas ellas lo mejor que pudo. Era una pequeña escuela para una pequeña colonia así que trató de pasar por alto toda la desorganización.

Braven fue asignado a un grupo de tres compañeros de su edad. Dos niñas y un niño. Se presentó con cada uno, y todos dijeron sus nombres. Braven trató de memorizarlos para no tener que pasar la vergüenza de preguntarles otra vez.

En voz baja hablaban para conocerse mejor entre ellos. Estaba Ashalon, una niña de Próxima B, y Capriana, quien se jactaba de ser la primera niña nacida en Jedira después de su colonización. También estaba Major de Próxima B. Medía unos tres centímetros más alto que Braven, pero por arrogante actuaba como si le ganara por tres metros.

¡Los gemelos! Braven recordó a sus dos archienemigos de la Colonia Delta. *Al menos hay sólo uno de ellos esta vez.*

«Estudiantes,» llamó el instructor para juntarlos a todos mientras tomaba su equipaje. «Hoy damos la bienvenida a Braven Triton y Tarron Bages, quienes acaban de llegar de la Colonia Alfa. ¿Todos recordaron traer un bocadillo energético?»

Los estudiantes murmuraron un sí.

¿Bocadillo energético?

«Perfecto,» dijo el profesor. «Mientras estemos de viaje, ¿cuáles son las reglas?»

«Siempre ir acompañados,» todos dijeron al unísono. «Nunca llegar tarde. Nunca dañar el medio ambiente.» Parecía que todos habían ensayado estas frases muchas veces por años a pesar de que apenas habían llegado a la colonia recientemente.

Los niños se subieron a un róver grande, y se

dirigieron hacia el horizonte oeste.

Braven se sentía un poco perdido, ya que ni sabía el nombre de su instructor. No tenía ni idea de a dónde iban y sus padres no sabían que su clase saldría hoy de la colonia. Seguía pensando que necesitaba su propio dispositivo para poderse comunicar con sus padres en momentos como éste.

Papá, Mamá, perdón por no avisarles que iríamos a las Torres hoy. Fue un viaje de último minuto. Regresaré en un mes o dos o doce, ah, y olvidé mi bocadillo energético.

En solo pensar en su última aventura en la Colonia Delta, le causaba mucha incomodidad. Se preguntaba cómo estaban sus viejos amigos. No los había visto en casi dos años, excepto a los gemelos, y no se podía alejar de ellos.

El róver rodeó un grupo de monolitos y continuó alrededor del borde de la gran montaña detrás de la colonia. Se detuvo en la base de la montaña y los viajeros salieron. Su viaje en róver no había durado ni diez minutos. Braven pensó que sería un corto viaje de regreso si tuviera que caminar.

«Muy bien estudiantes,» dijo el instructor, «el propósito de este viaje es obtener un entendimiento básico acerca de los minerales a nuestro alrededor.» Continuó dando indicaciones acerca de cuándo tenían que verse en el róver, y los hizo repetir una vez más las tres reglas que ya todos se sabían de memoria.

Al grupo de Braven lo acompañó un joven que venía del Planeta Tierra. Se llamaba Destril Maniiga. Era obvio que era un voluntario y no un instructor experto. Permitió que todos exploraran por donde quisieran sin dar muchas instrucciones. Les preguntó acerca de algunos minerales que conocían. Ashalon dio algunos ejemplos seguida por Capriana. Major de repente decía algo chistoso para impresionar a las chicas…o tal vez a sí mismo.

Subieron diez metros arriba de una de las paredes de la montaña y se pararon en una pequeña grieta de aproximadamente medio metro de ancho, tres de largo, y tres de profundidad. Examinaron el interior de las paredes y sacaron muestras interesantes.

El señor Maniiga preguntó si alguno ya conocía ese mineral. Nadie lo había visto antes. Lo identificó como un cyliorita, que era el mineral utilizado para producir los contenedores para maldonianita. Se encontraba en abundancia en el área e iba a ser la atracción principal de Zeta.

¿Cyliorita? ¿Maldonianita? Braven se dio cuenta de que no sabía tanto de geología como pensaba. *¿Y quién era este voluntario?*

«Tomemos algunas muestras y escalemos la colina un poco más,» sugirió el hombre.

El grupo caminó más arriba de la pendiente inclinada.

No había peligro de caerse y permitía ver mejor a la distancia. Rebuscaron un poco más por ahí pero no encontraron nada que valiera la pena discutir.

Siguieron caminando a lo largo de la ladera de la montaña hasta encontrar una sobresaliente roca de granito que se elevaba como a un metro y medio por encima de la superficie de la ladera.

Esta era un fascinante ejemplo de cómo la roca de granito estaba en posición vertical constante en todo el paisaje a noventa grados de la superficie, aun cuando estaba rodeada por la ladera de una montaña. La pendiente pudo haber cubierto el monolito en algún momento, y la erosión pudo haber permitido que apareciera el granito.

«Entonces, ¿qué son estos monolitos de granito?» Le preguntó Braven al voluntario.

«Buena pregunta, pero parece que nadie tiene la respuesta aún,» dijo el voluntario.

«¿Sólo hay torres de granito en todo el planeta?»

«Hasta ahora eso es lo que hay. Aún no se ha explorado todo el planeta, pero dondequiera que los humanoides han estado, han encontrado estas estructuras.»

«¿Usted es uno de nuestros instructores?» Preguntó Braven.

El hombre se río un poco. «No, yo soy geólogo, y me

ofrezco de voluntario cuando hay excursiones escolares.»

Eso calmó la curiosidad de Braven. Él sabía que no era sólo un voluntario más.

Braven tenía las manos en la superficie del monolito durante toda esa conversación. Cuando quitó las manos, una substancia fangosa cubría sus palmas. Se limpió las manos en las piernas de sus pantalones y siguió caminando con el grupo. Sacó una toallita húmeda de su mochila para limpiarse lo pegajoso de las manos.

Hicieron otras cuatro paradas de exploración antes de regresar al róver. En cada lugar habría una conversación interesante con el señor Maniiga. Cuando encontraba algún ejemplar de roca diferente, les daba detalles interesantes acerca de cómo se había formado y para qué la utilizaban los humanoides. Uno de los ejemplares que encontró contenía una sustancia comestible.

«No podrías simplemente darle una mordida a la piedra, pero a través de un proceso, se extrae la sustancia y se adhiere a un compuesto de proteínas, para convertirse en una comida nutritiva que consumen especialmente los Exploradores de Descubrimientos y otros grupos que pasan tiempo lejos de las colonias.»

«¿Quién tiene hambre?» Major ofrecía algunos de los ejemplares. Las chicas se rieron. Braven sonrió.

De regreso, Braven tuvo que hacer una parada para tomar aire. El aire era muy espeso para el nuevo colono. Se sentó con las manos en las rodillas, notó que sus pantalones se habían decolorado en la parte con la que se había limpiado las manos. *Oh genial, Mamá me va a preguntar qué pasó.*

Todos se subieron al róver para viajar de regreso a casa. Braven miraba por la ventana los paisajes de vegetación azul. Su mente estaba en blanco cuando de repente una sombra negra salió de la vegetación para volver a esconderse debajo de ella.

«¿Qué fue eso?»

Los que iban cerca de él lo voltearon a ver y luego vieron hacia la ventana. Nadie respondió, y eso le sorprendió, señaló hacia donde había visto la sombra y les dijo lo que vio. Otra vez nadie parecía interesado.

¿Por qué siempre veo estas cosas? ¿Por qué nadie más las ve? Estoy seguro de que vi algo. Se preguntaba por qué él ya las había visto en tan poco tiempo de haber llegado pero los que tenían más tiempo ahí, no. No quitó los ojos de encima de la vegetación tratando de confirmar lo que había visto.

El viaje había sido corto y aburrido para los demás. Braven seguía confundido acerca de lo que vio.

Más tarde ese día, estaba en casa con sus padres. Hablaban acerca de su día y sus nuevas responsabilidades.

Braven les dio un resumen de su día y les mencionó la sombra negra que vio otra vez. Sus padres concluyeron que pudo haber sido un reflejo o una basurita en su ojo.

¿Algo en mi ojo? No creo, y los reflejos no se ven así.

«¿Qué les pasó a tus pantalones?» Mamá preguntó.

Braven volteó a verlos y explicó. «Había algo pegajoso encima del monolito y lo toqué con mis manos así que las limpié en mis pantalones.»

«¿Te subiste a un monolito?»

«No, había uno en la ladera de la montaña. No medía ni dos metros de alto, pero estábamos muy arriba en la ladera.» Veía la mancha en los pantalones mientras hablaba y notó que también había un hoyo en la tela.

«¿Y cómo se te rompieron? ¿Escalando la montaña?» Mamá levantó una ceja.

Braven estaba confundido, no recordaba que se le hubieran enganchado en algo, la tela estaba notablemente dañada en varias partes.

«No sé.»

«Bueno, ve a cambiarte y dame los pantalones para remendarlos,» dijo Mamá.

Braven fue a su cuarto para quitárselos. Encontró grandes manchas rojas en sus piernas. Levantó el borde de su camisa y tenía aún más manchas rojas y azules. Llamó a su mamá para que fuera a verlas.

Mamá entró al cuarto y preguntó asustada. «¿Qué te pasó?»

Braven no tenía idea, sólo sabía que se había limpiado las manos en sus pantalones.

«Necesitas atención médica.» Mamá llamó a Papá mientras Braven se ponía otros pantalones.

Fueron a un centro médico improvisado que estaba al costado del edificio administrativo. Llamaron a la encargada. Dentro de poco tiempo entró la joven blauken que Braven había visto antes. Ella estaba a cargo de diferentes departamentos, ya que la colonia era muy pequeña.

Le realizaron varios exámenes, le administraron un esteroide en pomada y le dieron indicaciones a Braven de que no volviera a tocar esa sustancia.

Obvio.

Salieron de ahí y la encargada acordó ver a Mamá en la mañana en el trabajo para darle seguimiento.

«Me pregunto.» Mamá volteó a ver los pantalones dañados de Braven. «¿Qué será esa cosa? Dices que estaba encima del monolito. ¿La viste en algún otro lugar?»

Braven respondió que el monolito era el único lugar donde la había visto.

Sección 3

El Dilema Social

Esa mañana empezó igual que todas. Braven se levantó y revisó sus piernas. Vio que todavía quedaba un poco de sarpullido. Se vistió y se encontró con sus padres en la habitación central. Su mamá estaba a punto de salir, tenía prisa por ir a hablar con la encargada del centro médico acerca de lo que tenía Braven.

«Mamá, el sarpullido ya casi desaparece.»

«Aun así, estamos en un lugar extraño, y no conocemos exactamente todos los peligros microbianos que hay en todas partes,» respondió. «Vendré por ti si se trata de algo serio.»

Papá volteó a ver a Braven con su mirada de 'sólo hazle caso.' Braven sabía que no le quedaba de otra.

Braven y su papá fueron a tomar el desayuno. La cafetería era el lugar en cada colonia donde los colonos iban a tomar sus alimentos todos los días. Durante ciertas horas del día, la cafetería estaba muy ocupada, pero a otras horas estaba bastante vacía. Ese día estaba vacía.

Los dos se sentaron a la orilla del mostrador para hablar de sus planes del día. Braven aún no sabía la rutina del día escolar, así que se había preparado para cualquier cosa. Papá trabajaba en su dispositivo tratando de conectarse sin mucho éxito al Sistema de Datos de Inteligencia de la Alianza, o el SDIA, la fuente de datos de la colonia, para poder acceder al sitio del clima de Alfa. Ninguno de los dos sabía bien lo que harían ese día.

«Papá, ¿no crees que debería tener mi propia tableta de datos? Ya tengo catorce años, la edad en la que la colonia les da una a los colonos. Si tuviera una, les habría podido avisar a ti y a Mamá acerca del viaje de estudios de ayer.»

«Mamá y yo hemos estado hablando de eso. Hoy iré a registrarnos para que nos den una.»

Braven estaba sorprendido. Pensó que era suficientemente responsable para tener un dispositivo, pero no pensaba que sus papás estaban considerando darle uno. Algunos estudiantes reciben uno cuando cumplen catorce años, pero otros hasta que obtienen su primer trabajo.

La clase de Braven estaba formada por el grupo al que fue asignado el día anterior, más el grupo de jóvenes mayores donde estaba Sunset. Él se sentó en el asiento vacío cerca de su grupo original. El grupo de jóvenes mayores se sentó al lado izquierdo del salón. Todos estaban conversando cuando entró el instructor que fue con ellos al viaje el día anterior. Braven recibió una tableta de datos emitida por la escuela, que estaba abierta en la página donde se había quedado cuando estudiaba en Alfa. Las clases individualizadas comenzaron.

El instructor le explicó las reglas a Braven, eran las mismas que en Alfa y Delta. Le dijo que la clase de exploración había sido modificada debido a un extraño accidente que había ocurrido algunos años solares atrás, donde se habían muerto varios estudiantes e instructores de la Colonia Delta. Braven apartó la mirada. Conocía esa historia muy bien, ya que había sido parte de ese grupo. El Profesor Sainger continuó, sin pausas, explicando los cambios que se habían hecho debido al accidente. Braven no escuchó mucho más de lo que le estaban diciendo.

Braven siguió con sus estudios y trató de no pensar más en lo que pasó en aquellos días. Siempre se inquietaba cuando la gente mencionaba acerca de la supervivencia de los jóvenes deltanos porque le traía muchos malos recuerdos. Quería aclarar su mente para poder aprender todo lo que pudiera. Planeaba ser un geólogo o un meteorólogo o quizá un Explorador de Descubrimientos. No sabía qué terminaría siendo, pero estaba seguro de que no quería ser una celebridad.

Después de que salió de la escuela, uno de los jóvenes

mayores se le acercó para invitarlo a salir a hacer algo divertido más tarde ese día. El joven era amigable y quería incluir a Braven.

Qué manera de hacer nuevos amigos. «Claro,» respondió. Braven se sintió honrado de que lo invitaran.

«Excelente. Encuéntrame en la base de la montaña después de que se ponga Capria,» dijo con una alegre sonrisa.

«Está bien,» respondió Braven.

¿Eso es todo? ¿Que lo encuentre después de que se ponga Capria? ¿Esto va a ser una buena aventura? ¿De qué tipo de diversión estará hablando? Se veía buena gente.

Braven esperó hasta que justo estaba por anochecer. Les dijo a sus papás que iría a dar un paseo y que regresaría después de un rato. Tomó su luz eléctrica y salió.

Mientras se acercaba a la ubicación acordada, escuchó dos ladridos a unos diez metros a su izquierda. Dirigió su luz en esa dirección e inspeccionó el área. Las hojas se movieron como si hubiera asustado a algo.

Braven se asustó. *¿Qué fue eso?* «¿Hay alguien ahí?»

Nadie respondió. Había silencio.

Después de un corto tiempo, Braven continuó con cuidado hacia su objetivo, pero no quitaba la mirada de donde escuchó el ruido.

Al acercarse al lugar, vio al joven que lo invitó junto con

Major.

Genial. No se sentía cómodo ahora. Eran dos jóvenes mayores que él no conocía bien. Major no se veía como alguien en quien pudiera confiar. Capria ya se había puesto así que no había mucha luz. Este tipo de 'diversión' no era lo que Braven tenía en mente.

Sin pensarlo dos veces, Braven se dio la vuelta y se fue a su unidad lo más rápido que pudo.

Fue uno de ellos dos el que hizo el ruido en la oscuridad. Como soy el niño nuevo, están tratando de asustarme. No lo lograrán. Voy a tener cuidado con ellos, y no me convertiré en su víctima. Braven no sabía en quién podía confiar aún, pero sabía que no era en esos dos.

«Regresaste muy pronto.»

«Mm, es una colonia pequeña.»

«Papá te consiguió la tableta de datos. La puso sobre el escritorio. Sabemos que serás muy responsable.»

«¡Tú y Papá son los mejores!» Braven estaba encantado. Le dio un gran abrazo a Mamá.

«Sólo lo dices porque es cierto.» Los dos se rieron.

Braven se llevó su tableta a su cuarto. Era lo suficientemente pequeña para caber en su bolsillo, pero se desdoblaba cuatro veces su tamaño para operarla y verla mejor. Era de las nuevas, como las que tenían en la escuela, pero ésta era mucho mejor. Después de observarla un poco, la puso en el piso, a un lado de su cama. Papá tendría que cargarle varios programas.

¿Qué van a decir de mí esos muchachos? ¿Cómo voy a reaccionar cuando los vea mañana? ¿Les van a decir a los demás que soy un hitmod invertebrado? Los hitmods eran criaturas invertebradas que vivían en Edén. *Vaya manera de empezar el año escolar.*

Braven no podía dormir. Su mente estaba inquieta por las decisiones que había tomado y las repercusiones que traerían.

Toda la escuela se burlará de mí. Ya nunca voy a tener amigos. Mis maestros ya no me van a querer, no me dejarán regresar a la escuela, Mamá se va a avergonzar de mí. Y a Papá, ¿lo van a regresar a la Colonia Alfa? ¿O tal vez lo correrán del planeta? Le costaba mucho trabajo quitarse los pensamientos negativos de encima.

Braven se sentó cerca de la ventana para ver las estrellas. Tomó una roca que se había encontrado cuando apenas llegaron. Miró su tableta que no funcionaba aún, porque no la habían conectado con el sistema N-Line de la colonia.

Suspiró. Sintió que estaba completamente solo con el mayor problema que jamás había enfrentado.

Sección 4

La Crisis

Braven despertó. Se dio cuenta de que no había dormido nada bien. Rápidamente se bañó y se vistió.

«Ahí estás,» dijo Mamá al tocar a la puerta y entrar a su habitación. «Me estaba preguntado si te ibas a levantar hoy.»

«Estoy cansado,» respondió.

«Alguien vino temprano esta mañana y dijo que nadie puede salir de la colonia hoy. Papá está esperando afuera, voy a desayunar con él. Allá nos vemos,» dijo Mamá.

«Ya voy.» Braven se puso su segundo zapato y se dirigió a la puerta.

Todos estaban discutiendo en la cafetería. Un humanoide aseguraba que la noche anterior unos niños habían sido devorados por un capródromo. Otro dijo que a toda una familia la había raptado un monstruo volador. Un tercero dijo que había escuchado que la Colonia Alfa había sido destruida por una tormenta. Y otro afirmaba que un par de niños estaban desaparecidos. Braven volteó a ver al que estaba hablando.

«¿No viste nada fuera de lo normal anoche que fuiste a caminar?» preguntó Mamá.

«No sé qué sea lo normal aquí.»

«Exactamente.» Los ojos de Mamá miraron hacia el techo. «Ésta es una colonia pequeña, estoy segura de que escucharemos algo de eso hoy.»

«Y también seguramente miles de rumores,» dijo Papá en voz baja. Sus padres se rieron.

Braven entró en un salón donde todos estaban hablando del tema, aunque la comunidad era pequeña, los rumores eran gigantes. Desde historias de capródromos que comían niños hasta monstruos salvajes imaginarios que invadían la colonia. La perturbación era evidente, aunque nadie sabía bien qué estaba pasando.

Cuando el Profesor Sainger entró a la cafetería. El silencio cubrió la habitación. Todos estaban atentos, él dijo que daría un anuncio en cuanto llegaran los otros estudiantes. Braven se percató de que los chicos de la noche anterior no estaban presentes.

El resto de los estudiantes y su profesor entraron al salón.

Después de que todos se sentaron, el Profesor Sainger comenzó a hablar. «Al parecer, dos de nuestros estudiantes mayores, Daston Swarley y Major Kronzal, salieron a explorar anoche. Nadie los ha visto desde entonces. ¿Alguno de ustedes sabe algo de ellos?»

Todos guardaron silencio. Braven se quedó pasmado.

«El director de la colonia está en junta con los adultos, al mismo tiempo que nosotros con los estudiantes,» continuó. «Un equipo de búsqueda fue enviado desde esta mañana cuando nos dimos cuenta de su desaparición. Hasta que tengamos más información, se me dieron instrucciones de informarles que no está permitido viajar fuera de los perímetros de la colonia sin permiso. Continuaremos como siempre con nuestros estudios, pero cancelaremos las excursiones.»

Los rumores y las especulaciones continuaron.

«Los capródromos se los llevaron para alimentar a sus bebés,» Skylar susurró con miedo.

«No sabemos qué haya pasado o a dónde se hayan ido, así que no estemos inventando historias. Eso solo provocará que todos tengan más miedo,» dijo el instructor.

«Hay familias que ya están muy preocupadas así que no empiecen rumores de eso,» dijo otro instructor.

Todos tenían preguntas, pero no había respuestas. Las

clases regresaron a sus salones y comenzaron sus estudios.

¿Qué me habría pasado si me hubiera quedado con los chicos anoche? ¿También yo estaría desaparecido? ¿O muerto? ¿Me habrían comido los bebés de los capródromos?

Pensó en su sabia decisión de haberse regresado a su casa. Braven no se podía concentrar en sus estudios. El pensamiento de que se había escapado por un pelo lo intranquilizaba, al igual que la duda acerca del paradero de los chicos.

¿Qué habrá sido ese ruido que escuché antes de llegar a donde ellos estaban? ¿Debería reportar lo que escuché? Tal vez debería ir a buscarlos yo mismo. Si le digo a alguien se darán cuenta de que yo también estaba ahí.

Braven levantó la cara y cerró los ojos. La confusión e indecisión giraban en su mente. Pensó en decirles a Mamá y Papá pero preguntarían por qué había ido con ellos.

No quiero que vayan a pensar que yo tengo algo que ver con su desaparición.

Braven se sentía aliviado de que las clases del día habían terminado. Fue a su unidad a dejar sus cosas de la escuela y se dirigió al lugar donde había visto a los chicos la última vez.

Al llegar, Braven vio muchas huellas de pies alrededor del área. Se acercó lentamente para escanear el lugar. No había salido del perímetro de la colonia así que se sintió un poco seguro en caso de que alguien lo viera y le hiciera preguntas.

No vio nada más. Braven miró a su alrededor. El campo donde había escuchado el ruido estaba a la izquierda, y el acantilado a la derecha, parecía el lugar perfecto para una emboscada.

¿Qué estarían planeando esos chicos? ¿Sabrían de algún lugar que los adultos no? ¿A eso se referían cuando hablaban de 'algo divertido'? Eso no habría sido divertido para mí.

Braven caminó alrededor del lugar. Se detuvo en el campo de vegetación que no era más alta que sus rodillas. Pensó que alguna criatura pequeña, o incluso un humanoide podría esconderse debajo de la baja cobertura, pero no habían descubierto criaturas en el planeta. *¿Se habría escondido alguno de los niños ahí para asustarme con el ruido?*

Regresó para ver las huellas. Nada fuera de lo común. Las huellas mostraban que los chicos habían salido del perímetro de la colonia. Braven no quería que lo tacharan de desobediente en sus primeros días en la colonia. Se quedó observando, pero otra vez, nada inusual.

¿A dónde se pudieron haber ido? ¿Pensarán regresar pronto? ¿Estarán lastimados? ¿Estarán vivos? Braven se estremeció al pensar que podría estar en esa misma situación.

Braven se volteó para regresar y casi se cae con algo.

«Hola, Braven.» Skylar lo saludó con alegría. «¿Qué

haces aquí?»

«Ah, hola, Skylar.» Braven respondió. «Sólo ando caminando.»

«¿Crees que esos chicos se fueron por aquí?»

«Mm, no sé.» Braven respondió. «Deberíamos regresar.»

«¿Por qué? No salimos del perímetro.»

Braven no quería discutir, así que sólo dijo que se iría a casa.

«Yo me voy a quedar a buscar un rato. No dejaré que me lleven los capródromos,» dijo el niño sonriendo.

«No, tú necesitas quedarte conmigo, y yo ya voy a regresar.» Braven trataba de protegerlo.

«¿Por qué necesito quedarme contigo?»

«¿Recuerdas la regla de siempre ir acompañado?»

«Eso sólo aplica en los viajes escolares.»

Braven se estaba poniendo nervioso por la terquedad de Skylar. No podía dejarlo solo, pero tampoco se quería quedar.

«¿Por qué no regresamos y discutimos todo esto?» dijo Braven para convencer a su pequeño amigo.

«¿En serio? Tengo muchas teorías de lo que pudo haber pasado.»

«Bueno, esperemos hasta que encontremos un buen lugar para hablar del tema. No quiero que nadie nos escuche.»

Trató de desviar su atención.

Los dos caminaron de regreso, y Skylar caminaba dando saltos de alegría. Braven le hizo algunas preguntas acerca de su familia, su edad y cosas así. Descubrió que tenía siete años de edad y que su mamá era la Directora Scapole. Llegaron cuando se estableció la colonia. Él y su mamá dormían en el edificio administrativo mientras les construían su unidad.

Braven estaba impresionado con este niño, era mucho más inteligente que la mayoría de los niños de su edad. Actuaba como un niño de siete años, pero tenía mucho conocimiento y una seguridad en sí mismo excepcional.

Llegaron al commons y se sentaron debajo de la pérgola.

«Entonces, ¿quiénes eran los jóvenes que desaparecieron?» Le preguntó Braven a su pequeño amigo.

«Daston y Major. Se la pasaban asustando a los recién llegados, especialmente a los más pequeños. Siempre los invitaban a hacer 'algo divertido' con ellos y después se iban y los dejaban solos en la noche, mi mamá ha tratado de hablar con sus papás, pero ellos sólo la ignoran. No le recomiendo a nadie ignorar a mi mamá,» Skylar dijo un poco preocupado.

«¿Se han ido de la colonia así otras veces?»

«No, pero cuanto más vivimos aquí, más lugares fuera del perímetro encontramos para jugar,» respondió Skylar.

Seguramente se están escondiendo para llamar la atención. ¿Y si hubiera ido con ellos? Braven sintió que empezaba a sudar.

«¿Ya quieres escuchar lo que yo pienso?» Apareció un brillo en sus ojos.

«Seguro.»

«Yo pienso que hay capródromos que vinieron y se los llevaron, o nos están jugando una broma para llamar la atención. Sería atención negativa, pero así son ellos. O tal vez se cayeron en algún barranco y se quebraron las piernas o algo y no pueden regresar, y están llorando como bebés.»

Braven se rió a carcajadas. Él admiraba el ingenio de Skylar y podía ver que se sentía cómodo hablando con él. Aunque era siete años menor, Braven pensaba que era un niño muy agradable.

«¿Qué vamos a hacer primero?»

«No podemos salir de la colonia, pero podemos caminar por el borde para buscar evidencia,» dijo Braven. «¿Crees que te meterías en problemas si tu mamá se llegara a enterar?»

«A veces me deja salirme con la mía. Le diré que estoy acompañado de un adolescente y no habrá problema.»

Braven no se sentía muy cómodo con eso.

Los dos decidieron que caminarían por el perímetro para buscar algunas pistas. No tenían idea de qué pistas buscar, pero lo querían intentar.

Al regresar a donde vieron las huellas, recorrieron el área. Todo lo que encontraron fueron huellas, y muchas.

«¿Qué pasó aquí?» Skylar preguntó mientras señalaba muchas depresiones en donde pudieron haber caído.

Braven observó el área, vio otra huella que lo sobresaltó.

«Esa no es una huella humanoide,» dijo mientras señalaba una huella más grande a un lado del área dañada.

Skylar la examinó y llegó a la conclusión de que era la huella de un capródromo.

Braven trató de calmar al niño. «Skylar, ¿no sabes que esas criaturas no existen, y que sólo son leyendas de Jedira, al igual que los fazorianos en Edén y los dragones en la Tierra? No son reales.»

«Entonces, ¿de qué es esa huella?»

La pregunta de Skylar desconcertó a Braven. Examinó la huella y pensó un rato. No sabía qué contestar. La huella era medio redonda y tenía algunas marcas alrededor que podría decirse que eran falanges.

Braven sacó su tableta y tomó las medidas de la huella y le sacó una foto. El área redonda medía aproximadamente veinte centímetros de diámetro, y había unas cuatro huellas pequeñas alrededor de ella, pero no se veían muy bien. Este era un descubrimiento muy interesante, y Braven se preguntaba si los investigadores ya lo habrían encontrado.

La luz de Capria ya no brillaba mucho, así que Braven sugirió que regresaran a la colonia. No quería tener que decirle a la mamá de Skylar que su hijo había sido raptado por un capródromo.

Cuando regresaron, encontraron a quince individuos en la cafetería. Se acercaron para escuchar y se enteraron de que los jóvenes aún seguían desaparecidos y que aún no tenían ninguna evidencia para saber a dónde se pudieron haber ido.

«¿Por qué nadie los ha encontrado?»

«¿Existen criaturas peligrosas aquí?»

«Voy a asegurarme de que mi hijo esté siempre conmigo de hoy en adelante.»

«Estoy seguro de que alguien sabe dónde están.»

«Esto debe ser una broma.»

Las murmuraciones continuaron. Braven apartó a Skylar y le dijo, «Necesitamos decirle a tu mamá acerca de la huella.»

Skylar se asustó. «No, se va a enterar de que me salí de la colonia.»

«Pero le puedes decir que estabas acompañado de un adolescente,» dijo Braven.

«No le va a interesar, eso te dije solamente para que

pudiéramos salir,» lo admitió.

Braven se volvió a reír a carcajadas, «¿Así que me usaste?» Dijo Braven sonriendo.

Skylar bajó la cabeza. «Creo que sí, es que no tengo amigos.»

Braven podía darse cuenta de la necesidad del niño de socializar. Los otros niños de su edad aún no razonaban como él.

«Está bien, no le tenemos que decir, pero sí tenemos que hacer algo.»

Pensaron por un rato mientras iban de camino a sus unidades.

«Oye, ¿y si les decimos a los Exploradores de Descubrimientos?» sugirió Braven.

«Vi a dos de ellos aquí en la cafetería esta mañana. Le preguntaré a Mamá.»

«Buena idea. Si los conoce, nos reuniremos con ellos y les mostraremos la foto.» Braven estaba entusiasmado. Podía ver que Skylar estaba aliviado de que su mamá no se diera cuenta de sus aventuras.

Cada quien se retiró a su unidad.

Kadyen, el satélite más pequeño de Jedira, apenas se asomaba por el pico de la montaña al final de la colonia. Capria ya había desaparecido. Wilstor no se podía ver. La serenidad y paz que se sentía eran muy relajantes en comparación con el caos que había en las mentes de los colonos debido a los acontecimientos recientes.

«¿Dónde has estado?» su mamá le preguntó. Braven se había preparado para responder a esa pregunta.

«Oh, Skylar y yo hemos estado caminando por la colonia. No hay mucho que hacer aquí.»

«Solamente asegúrate de estar siempre en casa antes del anochecer. Me alegra tanto que no seas uno de los desaparecidos.» Papá era muy precavido.

«¿Has escuchado algo acerca de los jóvenes?»

«Parece que los dos pidieron permiso a sus papás para quedarse en la unidad del otro.»

Entonces ya habían planeado todo. Se estaban encubriendo uno al otro, ¿y quién sabe qué querrían hacer? Me alegra que decidí no ir con ellos.

Braven preguntó, «¿Crees que se metieron en algo peligroso?»

«¿Quién sabe cómo piensan los chicos de su edad? Sólo sé que me alegra tanto que no te involucraste con ellos.» Papá puso su mano en el hombro de Braven. «Estoy muy orgulloso de ti, Braven.»

«Gracias.» Braven se estremeció al pensar en cómo se sentirían sus papás si estuviera desaparecido también.

«Déjame ver tu tableta, le cargaré los enlaces de comunicación y el SDIA,» dijo Papá.

Braven se acordó de la foto de la huella y lentamente le dio la tableta a su papá. Él se encargó de que los enlaces y programas se descargaran bien. Papá no abrió sus fotos. Le regresó la tableta a su nuevo dueño.

Braven se fue a su habitación. Se recostó, pero no podía dormir pensando en qué podría haber sucedido. Muchos escenarios le pasaron por la mente. Ninguno le daba respuestas. Abrió su tableta de datos y buscó la foto. Ahí estaba la huella, pero ¿de qué era? Aumentó el tamaño de la foto para ver si podía encontrar alguna otra pista. Nada, solo huellas humanoides.

Braven cerró su dispositivo. Estaba desconcertado y preocupado de que existiera una criatura peligrosa que no habían descubierto. Desde que llegaron a Jedira, les dijeron que no había ningún tipo de fauna, mucho menos un monstruo que se llevaba a los humanoides.

Tal vez los capródromos sí existen. ¿Y si han estado ocultando la información a los colonos para minimizar el miedo de vivir en este planeta? ¿Y si los chicos estuvieran en los nidos de las criaturas?

«¡Detente!» Braven dijo en voz alta a su mente. Volteó hacia la ventana y vio el cielo oscuro. Se veían muchas estrellas ya que Wilstor no había salido aún. Se quedó en silencio hasta que le ganó el sueño.

Sección 5

El Descubrimiento

A la mañana siguiente, Braven salió de su unidad para ir con Skylar.

«Hola, Braven,» Le saludó el niño alegremente.

«Hola, Skylar. ¿A qué hora duermes? Siempre estás afuera cuando salgo de mi unidad.»

«Mm, no sé. ¿Vamos a ir a hablar con los exploradores antes de ir a la escuela?» preguntó en voz baja mientras sus ojos brillaban de emoción.

«Claro, si es que vemos a uno de ellos,» respondió Braven. «Pero no le digas a nadie.»

«Buenos días, Skylar,» Mamá dijo con una gran sonrisa. A ella le caía muy bien Skylar y le comentó a Braven que pensaba que él sería un gran genio científico algún día.

«Buenos días, Dra. Triton,» respondió educadamente. «Y buenos días, Dr. Triton.»

Papá sonrió. «Buenos días, Skylar.»

Todos caminaron hacia la cafetería por su desayuno. Era una mañana hermosa como siempre. La temperatura era usualmente agradable para los humanoides. Los rocíos nocturnos regaban la flora del planeta y dejaban lodo en el suelo, así que a veces pisaban charcos de lodo en el camino. El olor era muy fuerte y despertó otra vez la curiosidad de Braven sobre su origen.

«¿Qué es ese olor?»

«No sé. Mi mamá no me ha dicho, pero tal vez provenga del campamento minero.»

«¿Dónde está el campamento minero?»

«En el otro lado de la montaña. Construyeron la colonia de este lado para que no interviniera, y para que no tuviéramos que escuchar las máquinas todo el día.»

«Buena planeación,» dijo Papá mientras entraban a la cafetería.

«Pero si el campamento minero está del otro lado de la montaña, ¿por qué el olor es más fuerte por la mañana?» preguntó Braven.

«Buena pregunta,» Papá volteó a ver el cielo. «Tal vez son los vientos o los rocíos nocturnos. No se sabe, pero lo voy a investigar.» A Papá le encantaba estudiar los patrones del clima.

Braven y Skylar buscaron por toda la habitación a

alguno de los exploradores. No tuvieron suerte.

«¿Ahora qué?» preguntó Skylar a Braven en voz baja.

«Ya encontraremos a alguno.»

El grupo tomó su desayuno y se dispersó hacia sus actividades diarias. En la escuela, todos seguían haciéndose preguntas acerca de los desparecidos. Todos daban sus teorías. Algunas eran bastante bizarras mientras que otras tenían mucho sentido. Braven tomó notas mentales de todo lo que escuchaba para discutirlo con Skylar después de la escuela. Tal vez alguna de las ideas les resultaría útil.

Después de la escuela, Braven se dirigió hacia el edificio administrativo. Los chicos se habían quedado de ver ahí para comenzar sus investigaciones. Skylar ya había entrado para saludar a su mamá y preguntarle si había visto a los exploradores. Ella dijo que se encontraban en el campamento minero haciendo sus investigaciones.

«¿Cómo le hacemos para mostrarles la foto? No podemos salir y caminar alrededor de la montaña,» dijo Braven.

«Mi mamá dijo que regresaban en la noche por suministros,» dijo Skylar. «Probablemente ya estén de regreso.»

«Vamos a buscarlos. ¿Le puedes preguntar a tu mamá si ya están aquí o a qué hora llegan normalmente? Pasa por mí a mi unidad cuando los veas.»

«Voy a ver qué puedo hacer.» El niño salió corriendo en su misión.

Braven fue a visitar a su mamá. Su oficina estaba en el corredor del extremo izquierdo del edificio administrativo al final del pasillo. Mientras caminaba por el pasillo, pudo escuchar una voz masculina en una de las oficinas. La puerta no estaba completamente cerrada. Braven se detuvo cuando escuchó la primera frase.

«¿Puedes dejar de llamarle capródromo? Vas a crear pánico y todos van a querer regresar a Alfa, o van a detener la producción del mineral,» dijo un hombre con voz severa.

«Esos niños entrometidos. Si solo se hubieran quedado en casa cuando esa cosa andaba afuera, no estaría pasando todo esto,» dijo el otro hombre en voz baja.

«Bueno, pues eso pasó, y tenemos que quedarnos callados hasta que se les olvide.»

«¿Cómo se les va a olvidar que hay niños desaparecidos?» La voz callada aumentó de intensidad. «Sus papás están aquí todo el tiempo haciendo preguntas. Yo haría lo mismo si uno de ellos fuera mi hijo.»

Se escuchó un ruido cerca de la puerta así que Braven rápidamente siguió su camino hacia el laboratorio de su mamá. Mientras entraba, pudo escuchar a uno de ellos cerrar la puerta.

Espero que no me hayan visto.

«Braven, qué bueno que viniste. Tengo una pregunta que hacerte,» dijo Mamá.

«Sí, claro.» Todavía seguía pensando en la conversación que acababa de escuchar.

«Esa sustancia pegajosa que te limpiaste en pantalón el otro día, ¿dónde la habías encontrado?»

Braven pensó que el tema estaba tan lejos de lo que estaba en su mente.

«Mm, la escuela fue a un viaje de estudios en mi primer día ahí. Mi grupo estaba sobre una pequeña inclinación y yo estaba parado a un lado de un monolito. No me di cuenta de que estaba ahí hasta que retiré mis manos,» dijo Braven.

«Hay algo muy interesante con eso. Ese espécimen estaba lleno de ADN pero no puedo determinar su origen. ¿Has visto algún tipo de fauna aquí?» ella preguntó.

«¿ADN de un animal?»

«Busqué este ADN en todas las bases de datos de Alfa, pero nada coincide. Parece que hemos descubierto una nueva criatura.» Se veía el entusiasmo de Mamá en sus ojos.

A Braven se le derritió el corazón. Se sentó por un momento. «¡Guau, eso es genial!» dijo para que Mamá no sospechara. Se sintió enfermo por lo que había escuchado en la oficina y por lo que dijo su mamá. La preocupación le abrumaba. Si hubiera un capródromo aquí, todos estarían fritos.

«¿Qué vas a hacer?» preguntó Braven lentamente. Sabía que Mamá se ponía intensa cuando se trataba de un nuevo descubrimiento científico.

«Tengo que alertar a la directora y organizar una expedición para encontrar más evidencia.»

Braven se incomodó con eso. No podía permitir que su mamá saliera a un ambiente extraño en busca de una criatura que se la podría comer. ¿Qué podía hacer?

«Mamá, tú eres botánica. ¿Por qué no dejas que un zoólogo haga eso?» Trató de convencerla.

«¿Qué, y perderme la oportunidad de descubrir la primera criatura viviente en el planeta? De ninguna manera. ¡Esto es muy emocionante para mí!» Mamá estaba muy entusiasmada.

Braven podía ver su emoción, y nada que pudiera decir la iba a cambiar de opinión. Nunca les había ocultado nada importante a sus papás, pero esto era diferente. Él y Skylar, con las pistas que tenían, podrían descifrar el misterio.

Después de haber hablado un poco más del asunto, Braven salió. Caminó lentamente por el corredor por el frente de la puerta donde había escuchado la conversación.

Guardaba silencio. Siguió caminando hacia afuera buscando a Skylar. Sintió que necesitaba confirmación antes de divulgar sus secretos.

Caminó alrededor del commons. Había muchas personas caminando. Del otro lado del patio había un explorador. Rápido caminó hacia donde estaba. El explorador se detuvo y miró a Braven.

«Hola,» Braven saludó al joven humanoide con una agradable sonrisa.

«Hola. ¿Hay algo en lo que te pueda ayudar?»

«Mm, sólo quería conocer a un explorador.»

«Bueno, pues ya lo hiciste.» El explorador sonrió. «Me llamo Weston Hastern.»

«Yo soy Braven Triton. ¿Cómo llegaste a ser explorador?» Braven no sabía de qué otra manera empezar la conversación.

El hombre mencionó que había realizado prácticas y residencia en la Academia de Exploradores, y así obtuvo su trabajo. Le platicó acerca de las cosas que hacen los exploradores y a dónde van cuando están de viaje.

Todo sonaba muy interesante, pero Braven pensó que no era el momento para hablar de eso. Le respondió que quería averiguar acerca del entrenamiento pero que todavía estaba buscando opciones y obteniendo más información.

«Si estás pensando en serio en convertirte en un explorador, yo con gusto te dejo ir a una excursión con nosotros,» le dijo.

Eso era algo para lo que Braven sí estaba listo. Así podría investigar más acerca de lo que estaba sucediendo y no le tendría que decir a su mamá.

«Me encantaría. ¿Piensan ir de excursión pronto? Pensé que no podíamos salir de la colonia.»

El explorador se río. «Bueno, sí y no. En la mañana vamos a ir al campo minero por algunas horas, básicamente a llevar suministros, y regresaremos en la tarde. Si la directora y tus papás están de acuerdo, tenemos espacio para ti. Pero debes de entender que estarás trabajando con nosotros. A veces es trabajo muy duro.»

«¿Dónde puedo encontrarte si mis papás me dejan ir?» Braven estaba muy animado. «El laboratorio de mi papá está muy cerca. ¿Podrías hablar con él para preguntarle?»

«Claro.» El joven explorador hablaba mientras caminaban hacia el ala derecha del edificio administrativo, hacia donde trabajaba el Dr. Triton. Papá se encontró con ellos dos, y después de la petición de Braven, Papá preguntó si hacían esto seguido y si era un ambiente seguro.

«La Exploración de Descubrimientos cuenta con un programa en el que los adolescentes pueden involucrarse.

Los directores nos permiten llevarlos con nosotros a los viajes que no sean peligrosos. Sé que hay una nueva orden de quedarse dentro del perímetro de la colonia durante el día, pero verificaré si la directora nos da permiso. Estaremos de regreso antes de que se ponga Capria, y él siempre estará acompañado de dos exploradores, así que no veo por qué no lo aprobaría. Nos puede encontrar en la cafetería en la mañana antes de que salga Capria.»

Después de discutir el tema con el explorador. Papá estuvo de acuerdo con que Braven fuera, pero solo si Mamá y la directora consentían.

«Genial, nos vemos ahí.» El nivel de entusiasmo de Braven había llegado a su máximo desde que llegó. Podría explorar e investigar, tal vez hasta encontrar a los chicos desaparecidos.

Braven se fue emocionado a casa y esperó a que llegara Papá para preguntarle a Mamá. Mamá no estaba muy contenta con la idea de que Braven saliera de la colonia.

«Pero Mamá,» Braven se quejó, «es una experiencia que no se consigue fácilmente.»

«Piensa en los chicos que están desaparecidos. Además, ¿ya se te olvidó que por causa del clima te perdimos la pista por todo un año?»

«Eso fue hace mucho; ya estoy más grande. Weston es

un explorador con mucha experiencia, y habrá otro explorador con nosotros. Me preguntó si quería vivir la experiencia de ser explorador por un día y a mí me encantaría.»

«Sólo es por un día, de hecho, algunas horas,» dijo Papá.

«Sí, estaremos de regreso mañana por la tarde antes de que se oculte Capria.» Braven trató de tranquilizar a su mamá.

Mamá fijó la mirada en su hijo, volteó a ver a Papá, luego otra vez a Braven. «Déjenme pensarlo.»

Braven se fue a su habitación. Tenía esperanzas de que su mamá estuviera de acuerdo con Papá. Abrió la foto en su dispositivo. Examinó la huella detalladamente. No encontró nada nuevo, solamente una huella extraña entre varias huellas humanoides.

Braven escuchó a Papá decir, «Bueno, eso es grandioso. Obtendrá más experiencia en exploración, y ya sabemos que a él le encanta eso.»

Mamá respondió algo con una voz muy baja y no la pudo escuchar.

«Yo pienso que va a estar bien. Estas oportunidades no se dan muy seguido,» respondió él.

Los dos caminaron hacia la habitación de Braven. Podía sentir la emoción hervir dentro de él.

«Si prometes estar al pendiente del clima y tratar de mantenerte fuera de cualquier peligro, puedes ir,» dijo Papá.

«Yo creo que será una buena experiencia para ti,» dijo Mamá. Ella normalmente era la aventurera y Papá el cauteloso, pero esta vez los roles habían cambiado. Sus papás querían que experimentara todo lo que le pudiera ayudar con su educación. Sabían que iba a estar a salvo con dos exploradores, cuya reputación era de integridad, valentía y aventura.

«Entonces, ¿puedo ir?» Braven saltó de alegría. «¡Gracias!»

«Solamente si la Directora Scapole está de acuerdo.»

Sección 6

El Campamento Minero

Braven estaba listo para partir antes de que saliera Capria. Había empacado su mochila desde la noche anterior con pequeños artículos como una linterna, una brújula y una tableta de datos. Planeaba tomar bocadillos de la cafetería para llevar.

Caminó hacia la habitación principal. Estaba en silencio. Papá y Mamá seguían dormidos. No podía irse sin avisarles. Entró en su dormitorio y los despertó.

«Braven, ¿está todo bien?»

«Solo quería saber si ya pronto estarían listos.»

«Solo hemos estado descansando por dos horas. Necesitas regresar a dormir.»

Braven regresó a su habitación. Estaba seguro de que ya era hora de irse. Checó su tableta y se dio cuenta de que Capria no amanecería hasta dentro de seis horas. Se recostó y trató de descansar. Todo lo que podía pensar era en la excursión y posiblemente en convertirse en el héroe que encuentre a los chicos. Después de que pasó lo que pareció una eternidad, se quedó dormido.

***

«Braven, es hora de levantarte.»

Abrió los ojos. La luz de Capria brillaba a través de la ventana. ¡Se me hizo tarde!

Rápidamente se puso la ropa, tomó su mochila, y corrió hacia la puerta principal.

«¿Ya voy tarde? Dijeron que saldrían cuando saliera Capria.» A Braven le faltaba el aliento.

«Pues necesitamos irnos ya.» Todos salieron de su unidad hacia la cafetería.

Braven encontró a Weston y a otro explorador sentados en la esquina. Ya habían terminado de desayunar y parecía que estaban esperando.

«Hola, Weston,» Braven saludó al explorador más joven. «Mis padres dijeron que podía ir si la directora lo permitía.»

«Genial. Hablé con ella anoche, y estuvo de acuerdo con que fueras si es que no salíamos antes o regresábamos después de Capria, y si permaneces con uno de nosotros todo el tiempo.» Weston le informó.

«¡Sí!» Se sentía soñado de poder ir con individuos a los que admiraba.

«Braven, te presento a Frey. No tienes que saber su nombre verdadero,» dijo Weston riéndose y mirando a su compañero mayor.

Frey era un hombre de edad madura con cabello corto y barba y bigote desarreglados. Se puso de pie para saludar a Braven. «Escuché que tú serás nuestro asistente de hoy,» le dijo. Braven sabía que ya había escuchado su voz, pero no recordaba dónde.

«Sí, Señor, así es. Mm, ellos son mis papás, el Doctor y la Doctora Triton,» dijo Braven.

Los adultos intercambiaron saludos.

Después de que Braven había desayunado, tomó una bolsa de katoronjas y un par de barras de proteína y escuchó otro 'ten cuidado' de Mamá. El trío de exploradores salió del edificio hacia el róver.

«Oye, Braven,» dijo Skylar. «¿A dónde vas?»

«Voy con los exploradores a llevar suministros al campamento minero.»

«Tengo algo muy importante qué decirte.» El niño se veía preocupado.

«¿Puede ser rápido? Ya nos tenemos que ir.»

Skylar trató de decirle algo, pero se detuvo al ver que

uno de los Exploradores se acercaba.

«Hola, muchacho,» dijo Frey.

«Hola, Señor.» Skylar miró a Braven y dijo en voz baja. «De verdad necesito decirte algo muy importante.»

Frey le instruyó a Braven que subiera al róver tan pronto como terminara de escuchar a su amigo. Caminó hacia el róver y subió los últimos suministros.

«Braven,» comenzó Skylar, «Escuché que alguien le dijo a Mamá que los Exploradores saben dónde están los chicos.»

«¿En serio? Si saben dónde están, ¿por qué no los traen de regreso a casa?»

«Oye, Braven, ¿estás listo?» preguntó Weston.

«Me tengo que ir. Hablaremos cuando regrese esta noche,» dijo Braven mientras corría hacia el róver.

«Pero Braven,» dijo Skylar preocupado.

Braven se subió al róver y veía a su amigo en lo que caminaba. Skylar se veía muy triste al pronunciar las palabras 'ten cuidado' mientras se alejaba el vehículo con su amigo.

Se fueron hacia el otro lado de la montaña. Comenzaron las conversaciones acerca de diferentes temas. Sobre el terreno rocoso y por el tamaño de las montañas, el viaje duraría aproximadamente una hora.

Braven llegó a conocer mejor a los dos exploradores.

Weston había sido Explorador por dos años solares antes de venir a Jedira; Frey trabajó en el programa de Exploradores por muchos años como entrenador en la Academia de Exploradores. Llegó a Jedira cuando la Colonia Delta fue abandonada para explorar un nuevo territorio.

Le hicieron muchas preguntas a Braven acerca de su pasado.

«¿Eres uno de los niños Deltanos que sobrevivieron todo un año?»

«Si, Señor.» Braven estaba serio. No le gustaba hablar sobre esos días.

«¿Sabías que ustedes son una leyenda?» dijo Weston con entusiasmo. «Demostraron que los humanoides son capaces de sobrevivir en cualquier parte. Los Instructores de la Academia regularmente mencionan a los Niños Sobrevivientes de Jedira, pero nunca pensé que iba a conocer a uno de ellos.»

Braven estaba apenado, nunca pensó que él y sus amigos se convertirían en una leyenda. Ellos solo hicieron todo lo posible por sobrevivir.

Braven cambió el tema para hablar de los chicos desaparecidos. Los Exploradores dijeron que habían escuchado de ellos, pero no sabían mucho. Ellos solamente habían estado ayudando a los mineros trayéndoles suministros. Braven se sintió incómodo de mostrarles la foto, así que no lo hizo.

Llegaron al campamento minero. Había algunos individuos afuera, pero Braven pronto se dio cuenta de que la mayor parte del trabajo era realizada por autodrones. Había mucha actividad en el área. Mucho polvo y rocas eran transportados desde las cuevas y depositados en grandes contenedores. Los autodrones predominaban como medios de transporte y para la extracción de minerales, la bulliciosa actividad abrumó a Braven.

Weston y Braven descargaron los suministros mientras Frey fue a hablar con el encargado. Estuvo hablando con él por bastante tiempo, así que Weston y Braven fueron a echar un vistazo a la cueva.

La cueva era enorme. Braven no entendía cómo podía haber una cueva así de grande dentro de una montaña. Había monolitos tan altos que atravesaban el techo. Supuso que proporcionaban estabilidad al pie de la montaña. Dentro de la vasta caverna había senderos que conducían a muchas aperturas de cuevas más pequeñas en el interior. Weston señaló que esas aperturas eran las cuevas de recolección donde se almacenaban las rocas de cyliorita.

El olor de la colonia era prevalente en el campamento. Braven preguntó qué era pero el Explorador no sabía. Era algo que nunca antes de llegar a Zeta había olido y tenía mucha curiosidad de saber qué era. Se podía percibir más fuerte en el campamento que en la colonia.

«¿Podemos entrar a las cuevas para ver?» preguntó Braven.

Weston rápido respondió, «Es muy peligroso por toda la maquinaria y actividad que hay dentro.»

«¿Hay humanoides que hagan parte del trabajo?» Braven tenía curiosidad.

«La mayor parte del trabajo de minería es realizada por los autodrones. Antes había muchos más mineros, pero es más seguro usar autodrones en caso de que haya alguna explosión o de que se liberen gases tóxicos con las excavaciones.»

«¿Entonces cuántos humanoides hay trabajando?»

Weston pensó por un momento. «Yo diría que algunos veinticinco. Ellos operan el equipo principal, dan mantenimiento a los autodrones y se hacen cargo del campamento.»

Mientras Braven observaba las operaciones, pensaba en qué era lo que Skylar le tenía que decir. Parecía que no les tenía mucha confianza a los exploradores. A Braven le agradaba Weston. Era joven y se sentía cómodo hablando con él. Parecía un buen modelo a seguir. Frey era de la edad de su papá así que se sentía toda una generación distante de él.

Braven decidió preguntarle a Weston acerca de los chicos. «¿Estaban aquí cuando desaparecieron los chicos?»

«Nosotros estábamos aquí ese día, pero salimos antes de que se metiera Capria. Casi nunca estamos lejos de la colonia cuando oscurece. No sé mucho acerca de lo que pasó con los chicos,» dijo el explorador.

«¿Entonces qué hacen cuando vienen aquí?» preguntó Braven. «Hemos estado trayendo suministros por el último mes,» dijo el explorador. «A mí nunca me dijeron que los exploradores proveían suministros a los campamentos mineros. Ya estoy listo para seguir explorando.»

«Tienes razón,» dijo Braven. «El lema de los exploradores es 'buscar, explorar y descubrir para expandir el hábitat para los humanoides.' ¿Qué tiene que ver proveer suministros con eso?»

Weston se río. «Yo solamente hago lo que me dicen,» dijo y levantó sus brazos.

Algo no anda bien. ¿Qué tienen que ver los exploradores con los campamentos mineros? ¿No puede traer la compañía minera sus propios suministros? A propósito, están generando muy buenas ganancias con este campamento.

«Bueno, vamos a comer algo y después seguimos viendo,» dijo Weston.

Después de comer, caminaron al extremo derecho de la

cueva. No había actividad en esa área; tal vez ya habían recolectado todo el mineral de ahí. Entraron en la caverna por uno de los antiguos senderos que conducían a algunas entradas de cuevas. La cueva estaba aún más enorme de lo que se veía por fuera. Estalactitas cubrían el techo y estalagmitas estaban por todo el suelo. Había otras cuatro cuevas adelante. Ninguna tenía luz así que los dos permanecieron afuera.

Braven escuchó un pequeño aullido que venía de una de las cuevas.

«¿Escuchaste eso?» Weston rápido volteó a ver hacia la cueva.

«Sí. ¿qué fue?»

Weston sacó su linterna; Braven hizo lo mismo. Alumbraron la cueva, pero no se veía nada adentro. Se acercaron a la entrada para ver mejor pero no encontraron nada.

Weston se acercó a la entrada y dijo. «Quédate aquí.» Con precaución caminó hacia la oscuridad. Braven estaba muy nervioso. No quería que su amigo corriera peligro estando solo, así que lentamente caminó y entró también. Podía ver la luz de Weston a unos diez metros delante de él.

La cueva medía aproximadamente tres metros de diámetro, con paredes muy lisas cortadas a máquina. Las negras paredes hacían que todo fuera aún más oscuro. Braven lentamente se acercó a donde estaba Weston, quien estaba inspeccionando algo.

El explorador apuntó su luz a Braven y con firmeza le preguntó. «¿No entiendes lo que significa 'quédate aquí'?»

«No quería que estuvieras solo si necesitabas ayuda.»

«Mira.» Weston apuntó su luz a un montón de objetos que parecían restos de huesos de humanoides.

Braven jadeó y dijo. «¿Son huesos?» Sentía el corazón acelerado.

«Parece que sí,» dijo Weston. «¿Qué más tiene huesos en Jedira además de nosotros los humanoides?»

«Nada,» susurró Braven.

«Vayamos de regreso, pediremos información a la compañía minera. Seguramente ellos saben algo.»

Mientras los dos caminaban de regreso a la cueva, Braven preguntó. «Pero ¿qué fue ese ruido que escuchamos?»

«Buena pregunta. Ya lo averiguaremos cuando hablemos con el gerente.»

Los dos caminaron hacia el edificio central del campamento donde estaba la oficina del gerente. Frey fue con ellos para ayudar a obtener información.

«¿Que encontraron qué?» El gerente del campamento preguntó abruptamente.

«Parecen huesos,» explicó Weston. «¿Qué tipo de

huesos habría en el planeta? Las únicas criaturas que conozco con huesos son los humanoides, y dos de nosotros están desaparecidos.»

«¿Qué quieres decir? ¿Piensas que nos robamos a los dos chicos desaparecidos para comérnoslos? ¿En serio?» preguntó el gerente.

«No los estoy acusando de nada, pero necesitamos una respuesta acerca de lo que vimos en la cueva,» Weston dijo con firmeza. «Frey, tienes que ver esto.»

«Weston, necesitamos hablar,» dijo Frey. «Lo que sea que haya en la cueva tiene una explicación simple.»

«¿Y cuál es?» Weston cruzó los brazos.

«Vamos a ver,» dijo Frey.

Los dos exploradores, tres empleados del campamento y Braven fueron de regreso a la cueva. Después de algunos metros, encontraron el montón de huesos.

«Aquí están,» dijo Weston. «Solamente existen huesos de humanoides en el planeta. Entonces ¿de quién son estos huesos?» Examinó los huesos y dijo, «Son de humanoides.»

Los hombres no reaccionaron tan sorprendidos como Braven y Weston. Todos se quedaron en silencio por un momento, viéndose unos a otros.

Frey habló lentamente. «Weston, lamento mucho que hayas tenido que ver esto y lamento mucho que Braven te haya acompañado. Necesitamos que vengan con nosotros.»

El minero más alto tomó a Weston del brazo y el otro tomó el brazo de Braven. Weston trató de soltarse, ero el minero puso el brazo de Weston detrás de su espalda y hacia su cabeza. Braven no quería salir lastimado así que no puso resistencia. Los dos fueron escoltados desde las cuevas hacia el edificio sin ventanas en las afueras del campamento. Metieron a Weston y a Braven al edificio por la fuerza. Escucharon que cerraron por fuera con candado.

Sección 7

El Aullido

«¿Qué pasó? ¿Por qué nos encerraron?» Braven le preguntó a Weston. Su mente daba vueltas.

«No estoy seguro, parece que están jugando sucio y al menos un humanoide ha sido asesinado.»

«¿Los chicos?» dijo Braven asustado.

«No sé. Han estado desaparecidos.»

«Pero ¿quién tomó sus huesos? Braven estaba nervioso. «O sea, ¿por qué? ¿Quién o qué se los comió?»

«Braven, No sé.» Weston trató de calmarlo. «Solo sé que necesitamos salir de aquí y reportar esto a los encargados de seguridad de la colonia,» Weston buscó por las paredes y la puerta para ver si podía encontrar alguna apertura por donde ver hacia afuera. Por fortuna habían dejado la luz encendida así que podían ver bien.

Braven respiró profundo para calmarse, sabía que el

miedo no le ayudaría para nada en esta situación, que necesitaba tener una mente clara por su bien y el de Weston.

«¿Tienes un plan?»

«Ya veremos.» Weston trató de hacer algo así que miró al techo.

Los dos buscaban alguna manera de escapar de ahí. No había manera. Ese cuarto era usado como almacén, pero solo había algunos objetos. Había restos de máquinas, pero nada que se pudiera usar para escapar.

Weston corrió hacia la puerta para empujarla con el hombro, y solamente consiguió lastimarse. «Bueno, creo que ya no intentaré eso.»

Braven encontró una pieza de metal con la que pensó que podía abrir la puerta. Comenzó a raspar la pared para hacer un hoyo. La pared estaba muy dura. Después de buscar por un buen rato, los dos se sentaron recargados en una de las paredes.

Hablaron de la situación hasta poder llegar a entenderla. Sus captores se llevaron la vara de Weston, su dispositivo, su linterna y la mochila de Braven, pero no se llevaron lo que Braven traía en sus bolsillos. Sacó su dispositivo para mostrarle la foto de las huellas a Weston.

«Oye, ¿puedes mandar un mensaje por N-Line?» preguntó Weston.

Braven lo intentó, pero no había señal. «No hay señal,

tal vez sea sólo en este cuarto.»

Weston examinó la foto otra vez.

«Una vez escuché a Frey hablar con alguien acerca de esto,» admitió Weston. «¿Esa criatura existe en la vida real?»

«No sé, esta es toda la evidencia que tengo,» dijo Braven. «Si es real, ¿crees que se comió a los chicos? ¿Por qué los mineros ocultarían esta información?»

«¿Por qué estaría Frey involucrado en todo esto?» se preguntó Weston.

«¡Ya me acordé!» Braven se dio cuenta. «Era su voz la que había escuchado en el edificio administrativo la noche anterior, cuando hablaban en voz baja de los capródromos. No me había dado cuenta hasta ahora,» dijo Braven.

«¿Capródromos? Pensé que sólo existían en la mitología.»

«Siempre hemos escuchado que son criaturas inventadas solamente para asustar a los niños, pero tal vez sean reales. Frey y otro hombre estaban hablando acerca de los chicos desaparecidos y dijeron que necesitaban mantenerlo en secreto hasta que se les olvidara a los humanoides,» dijo Braven. «¿Qué significa eso?»

«¿Un encubrimiento? ¿Para qué? No entiendo. Necesitamos más información.»

Los dos se sentaron a discutir lo que estaba pasando. De

pronto escucharon a alguien abriendo el candado de la puerta. Los dos inmediatamente se levantaron. Entró uno de los mineros, quien los había seguido hasta la cueva. Traía dos porciones de comida. «Tenemos que mantenerlos vivos para Cappy,» dijo el hombre. Aventó las bolsas de comida en el piso junto con una botella de agua. Después azotó la puerta para cerrarla.

Braven y Weston se miraron uno al otro. *¿Mantenernos vivos para Cappy?… ¿A qué se refiere?*

«¿Quién es Cappy?»

Weston fijó la mirada en Braven.

Los ojos de Braven se abrieron. «¿Será un capródromo?» Braven sintió que se le salía el corazón. «Weston, no quiero que me coman.» Braven siempre había sido un niño tranquilo y bien centrado, pero el terror lo invadió. Comenzó a hiperventilar.

«Escúchame,» dijo Weston. «Sobreviviste todo un año de dificultades y peligros; también sobrevivirás a esto. Vamos a salir de esto juntos y vamos a salvar a los otros de esta bestia.»

Braven apreciaba la confianza de Weston. Pero no estaba seguro de que caminar por kilómetros y recoger agua para sobrevivir, como lo tuvo que hacer en Delta, se podría comparar con pelear con un monstruo come humanoides.

«¿Cómo puedes estar tan tranquilo?» preguntó Braven al explorador.

«Cuando tengo miedo, sigo la Guía de los Exploradores: si te asustas, respira profundamente tres veces, exhala lentamente por la nariz, mantente alerta ante el peligro, ten precaución por lo que pudiera suceder, conoce tu entorno, y considera qué hacer.»

Braven reflexionó en sus palabras por un momento. «Entonces, ¿qué hacemos?»

«Yo digo que la próxima vez que alguien abra la puerta, lo tiremos al piso, tal vez nos lastimen, pero al menos no nos comerán,» dijo Weston.

«¿Cómo hacemos eso? Ese hombre era más grande que nosotros.»

Los dos trabajaron en crear una estrategia para derribar al siguiente que entrara a su celda. Podrían tomar el róver y regresar a la colonia para advertirles a todos. Buscaron algo que pudieran usar como arma. Braven tomó una palanca y comenzó a practicar. Weston le enseñó algunos movimientos de defensa personal que aprendió en la Academia. Braven practicó y practicó para estar listo cuando lo necesitara. Weston encontró un pequeño rodamiento de bola y se lo guardó en el bolsillo. También descubrió una pila de placas polisintéticas debajo de unos bujes para las máquinas.

«Esto me podría servir.»

Después de que se cansaron, Braven tomó uno de los paquetes de comida y se sentó en el piso a lo largo de la pared, «Hmm, esto es lo mismo que cené anoche. ¿Lo quieres?»

Weston tomó el paquete. «Es mejor que comamos para mantener nuestra fuerza. Alguien podría entrar en cualquier momento, es mejor estar listos.»

El tiempo pasaba lentamente mientras estaban sentados pensando. Estaban planeando sus movimientos para cuando se abriera la puerta. Pensaron en sus amigos y familia. Se imaginaban lo que estaba pasando en la colonia. Se preguntaron qué se sentirían al ser comidos. Sintieron escalofríos.

Escucharon ruidos afuera de la puerta. Rápidamente se levantaron para estar listos y pelear.

La puerta se abrió y entró Frey.

Weston sacudió la cabeza. «Frey, ¿qué estás haciendo? ¿Por qué nos encerraste como si fuéramos criminales? ¿Y qué haces con los mineros?»

«Ustedes son unos jóvenes inexpertos e inocentes,» Fray dijo mientras veía a Weston. «La Exploración ya no es lo que era antes. Antes éramos valientes y aventureros. Ahora sólo nos enfocamos en la seguridad. La Academia ha creado una generación de debiluchos como tú. Así nunca conquistaremos el universo con este grupo. Es por eso por lo que encontré algo mejor que hacer con mi tiempo.»

Braven tomó ventaja de la situación. Sujetó la palanca y se lanzó contra las piernas de Frey. Frey colapsó mientras Braven rodó hacia la puerta abierta. Weston corrió y saltó sobre Frey con gran habilidad. Cerraron la puerta detrás de ellos y le pusieron candado rápidamente.

«¿Qué acaba de pasar?» preguntó Braven.

«No sé, pero hay que aprovechar para salir,» Weston dijo y buscaron un escondite.

Se escabulleron detrás de un edificio cercano y miraron por la esquina hacia el edificio central. Capria ya se había metido y el recinto estaba bien alumbrado por todas las luces alrededor del campamento. Vieron a varios mineros, pero no sabían si eran de confianza. Hasta donde sabían, cualquier persona en el campamento podría ser parte del plan. Buscaron alrededor con la mirada, pero no encontraron el róver.

«No te alejes,» dijo Weston y se deslizó hacia la parte oscura del campamento. Braven lo siguió. Ambos se acercaron a la parte trasera del edificio principal. A la distancia podían ver adentro a un par de hombres sentados en una mesa. Uno de ellos se levantó y caminó hacia el escritorio.

«Si sólo tuviera mi tableta de datos, me podría contactar con Zeta para pedir ayuda,» susurró Weston.

«Deja intentar con la mía,» dijo Braven. Sacó su tableta y trató de enviar un comunicado. Nada, no había señal.

«Debe haber algo en el campamento que bloquea la señal.»

Una tenue luz circular apareció de repente, acompañada de un suave sonido de sirena. Braven y Weston observaban que los mineros caminaban hacia la entrada del edificio más cercano a ellos. Las luces dentro de los edificios fueron apagadas junto con el resto de las luces del campamento. Después de un momento, la luz circular y el sonido de sirena desaparecieron. El cambio repentino los alarmó. Todo estaba oscuro…demasiado oscuro. El silencio ensordecía.

Braven y Weston se quedaron congelados. Braven extendió su brazo para alcanzar el hombro de Weston. Necesitaba algo de seguridad.

Un débil grito se escuchó venir de la cueva. Ellos giraron sus cabezas lentamente para ver si podían ver algo. Otra vez se oyó otro aullido no humanoide. Los dos se quedaron sin aliento. El tercer aullido se escuchó aún más cerca.

Braven podía sentir los latidos de su corazón en el cuello. ¿Qué estaba pasando? ¿Quién hizo ese ruido? ¿Había alguna bestia suelta? La mente le dio mil vueltas, su respiración estaba acelerada. Se podía imaginar a sí mismo colgando de la boca de un monstruo a punto de ser devorado.

Weston lentamente puso su mano en el corazón de Braven. «Cálmate, respira profundo,» le susurró cerca de su cara.

Braven cerró sus ojos y trató de tranquilizarse. Trató de pensar en algo más placentero pero la seriedad del asunto lo jalaba a la situación presente.

Otro aullido se escuchó. Este estaba un poco más lejos, y se oía cerca de las cuevas. Se escuchaban golpes, sonidos desconocidos y algunos gruñidos.

Weston le dio a Braven unas palmaditas en el pecho en señal de silencio. Él lentamente se movió hacia la esquina del edificio para poder ver a la estrella del espectáculo. Braven se quedó cerca de Weston. Sus ojos finalmente se ajustaron hacia la tenue luz de Kadyen.

Para poder ver por el edificio, solamente dejaban que un lado de su cara se asomara. Podían ver a lo lejos una silueta cerca de las cuevas. La criatura estaba ocupada con algo que Braven no podía ver. Los dos se quedaron en silencio, después de un rato, la silueta se dio la vuelta a la derecha y desapareció. Braven y Weston escucharon un aullido que iba decreciendo.

Braven se recargó en el edificio. «¿Qué es eso?» Sus ojos estaban abiertos, pero aun así no podía ver.

«No estoy seguro, pero no parece muy amigable,»

susurró Weston.

«Ahora, ¿qué hacemos?» Braven no tenía ningún interés en acercarse a la bestia cuando regresara.

«Vamos a sentarnos por ahora.» Weston volteó a ver el cielo hacia la izquierda del campamento. Braven hizo lo mismo. Una pequeña estrella se acercaba a donde ellos estaban. Al observar, la estrella crecía y crecía hasta que se dieron cuenta de que era un vehículo volador.

«¿Vienen por nosotros?» preguntó Braven con alegría.

«Vamos a esperar a ver.» Weston era más precavido.

Cuando el transporte aterrizó en la esquina del campamento, las luces volvieron a la normalidad. La Directora Scapole, junto con tres hombres del personal de seguridad, salieron de la nave y caminaron hacia el edificio de oficinas del campamento. Los tres escoltas llevaban grandes armas de láser. Entraron al edificio sin avisar.

«Sígueme.» Weston se agachó y en silencio caminó hacia el edificio central. Braven lo siguió. Se pudieron acercar lo suficiente para poder escuchar, y probablemente hasta ver lo que pasaba adentro.

« ….. Y uno de nuestros jóvenes fue con ellos. ¿Por qué no han regresado?» preguntó la directora al gerente.

El gerente airadamente se recargó en su silla. «Escúchame, yo no sé absolutamente nada acerca de un róver que haya llegado hoy y mucho menos de un joven. Señora, esta es una mina en funcionamiento. No hay razón de que haya niños aquí,» dijo el gerente.

«No tengo idea de lo que esté pasando aquí, pero lo voy a averiguar y cuando lo haga, ese será el fin para ustedes y su compañía en este planeta,» les advirtió.

«Vámonos,» dijo Weston. Corrieron alrededor del edificio y cruzaron la puerta sin invitación.

«Directora Scapole,» Weston la llamó.

«¿Weston?» ella respondió. «Y supongo que este es el niño del que no sabían nada?» le preguntó la directora al gerente.

«Directora, hay una criatura aquí y ellos lo saben,» dijo Weston.

«Y come humanoides,» dijo Braven sin pensarlo.

«¡¿Qué?!» La directora volteó a ver al gerente. «Más le vale que empiece a hablar.»

El gerente extendió su mano para tomar su bebida. «No necesito darte ninguna explicación,» dijo. «Yo no te rindo cuentas a ti. Esta es una compañía privada. No somos parte de la Alianza Intergaláctica; por esa razón no tenemos que responder.»

«Si hay alguna criatura peligrosa, las autoridades serán notificadas, y esta operación será detenida hasta que se resuelva esta situación,» afirmó ella.

«¿Quién te dijo que hay una criatura peligrosa? ¿Este niño? Él no debería de estar aquí para empezar. ¿En esto basas tu investigación?» se burló.

Braven estaba a punto de responder, pero Weston puso su mano en frente de él. Braven sabía que no debía interferir en conversaciones de adultos, especialmente conversaciones oficiales, pero sabía que este hombre le estaba mintiendo a la directora.

«Regresaré con una orden judicial de arresto para cerrar esta operación,» dijo la directora.

«Que tenga buena tarde, directora.» El gerente sonrió descaradamente mientras levantaba su bebida hacia ellos. «Ah, y no dejen que se los coma el monstruo.»

La Directora Scapole y el grupo salieron del edificio y se dirigieron de regreso al transporte. Todos se subieron, incluyendo Braven y Weston como sus nuevos pasajeros.

«¿Dónde está Frey?» preguntó la directora.

«Señora, Frey está involucrado en todo esto con el gerente del campamento. Yo no sabía nada hasta que nos encerró a Braven y a mí en un cuarto,» le respondió.

«Bueno, su carrera como explorador está acabada a menos que tenga una buena explicación,» dijo ella.

«Encontramos un montón de huesos en una de las

cuevas,» dijo Weston.

«¿Huesos?» preguntó frunciendo el entrecejo. «¿Qué tiene huesos además de los humanoides en este planeta?»

«Nada más, que nosotros sepamos,» contestó Weston. «Me temo que los huesos son los restos de lo que la criatura se ha comido. Podría haber comido humanoides.»

«¿Qué tipo de criatura es?» preguntó ella.

«No pudimos ver bien,» dijo Weston. «Las luces del campamento estaban apagadas. Cuando todo estaba completamente oscuro apareció la criatura. Su silueta parecía de aproximadamente tres metros de altura. Tenía un ligero parecido a una serpiente radzieriana, pero mucho más grande.»

«Una serpiente radzieriana? Esos no llegan ni a las rodillas cuando son adultos,» dijo ella, volteando a ver a Braven. «Necesitamos llevarte a tu casa. Estoy segura de que tus papás están muy preocupados. No necesito aún más papás preocupados por sus hijos desaparecidos,»

«Sí Señora.» dijo Braven. «Gracias por ir por nosotros.»

«Habríamos ido más temprano, pero estábamos esperando que trajeran el transporte de Alfa. Todavía no lo llevaremos de regreso, presiento que vamos a tener que realizar varios viajes más al campamento,» dijo ella. «Explorador Hastern, me gustaría verlo en mi oficina a primera hora de la mañana.»

«Sí Señora,» dijo Weston.

Los quince minutos restantes del viaje de regreso fueron en silencio. Wilstor aún no se veía y la luz de Kadyen alumbraba muy poco. El vehículo se paró y se abrió para que salieran. No había comité de bienvenida, ni siquiera un róver. Solamente oscuridad. El grupo llegó a la colonia y cada uno caminó a su destino.

¿Qué van a pensar Mamá y Papá porque me demoré tanto? Los he estado decepcionando mucho últimamente. Él siempre quería hacer lo que ellos esperaban de él. *Pero ¿qué tipo de criatura era aquella? ¿Me van a creer si les digo lo que vi? ¿Debería decirles?* La mente de Braven no paraba. No quería que temieran por su seguridad. Quería que confiaran en él para poder tener más libertad de ir y venir. Odiaba tener que guardar secretos.

Cuando Braven entró a su unidad, sus padres estaban en la sala relajados. Mamá se levantó al verlo para saludarlo.

Papá levantó la mirada de su dispositivo y dijo, «Me alegra que ya estés de regreso. ¿Te la pasaste bien?»

«La Directora Scapole nos envió un mensaje para avisarnos que ibas a llegar más tarde, pero que ya venías en camino,» dijo Mamá. «Te traje la cena.»

No parecían preocupados. «Pues el horario cambió un poco, y llegamos más tarde.» Sus papás estaban tranquilos, así que seguramente no sabían lo que había sucedido. Pensó que sería mejor no contarles acerca de su aventura por ahora.

Braven acomodó su cama y miró al cielo por la ventana. Kadyen se iba levantando lentamente hasta que su sombría luz quedó frente a Braven. Estaba recostado en silencio, tratando de despejar su mente, con su mirada fija en el pequeño satélite. Finalmente se estaba quedando dormido y pudo empezar a descansar, abrió otra vez los ojos sólo por unos segundos y vio que una pequeña sombra pasó frente al satélite.

Los sentidos de Braven se despertaron. Rápido se levantó y se asomó por la ventana para ver el paisaje estelar. Buscó por todo el cielo para ver si podía ver algún otro movimiento, pero no encontró nada.

¿Por qué siempre veo cosas? ¿Será mi imaginación? Creo que sí. Llegó a dudar de su propia mente. Se fue a la habitación principal y se sentó en un pequeño sillón. Había silencio, Braven quería poner sus pensamientos en orden.

Estoy seguro de que había algún tipo de criatura. Frey y los mineros estaban involucrados en algo que seguramente era ilegal. El gerente del campamento definitivamente sabía que la criatura se acercaba porque prendió la alarma para alertar a los humanoides para que se refugiaran.

Las luces se apagaron justo antes de que llegara la criatura; tal vez a esa bestia no le gusta la luz. Había huesos de humanoides en una de las cuevas. ¿De quién eran los huesos? Cuando estaba en el pasillo del edificio administrativo el día que fui a ver a Mamá, escuché a Frey y a otro hombre hablar acerca de los chicos desaparecidos como si los estuvieran escondiendo. La Directora Scapole sabía que algo andaba mal en el campamento minero.

Él había visto sombras pasar rápidamente en más de una ocasión. Vio sombras desde el transporte cuando apenas llegaron a Zeta. Esa noche los chicos desaparecieron, y hoy las vio también. Recordaba que dos años atrás cuando él y sus amigos pasaron la noche en el camino de regreso a Delta, y las varias ocasiones en las que sintió que alguien lo observaba o que escuchó ruidos a la distancia. Y también el ADN animal que Mamá encontró en los pantalones de Braven que venía de esa substancia pegajosa que había tocado encima del monolito. ¿Qué tipo de animales había en Jedira? ¿Por qué decían que no había fauna en el planeta cuando claramente había evidencia de animales? Braven llegó a la conclusión de que las cosas no eran como decían, pero no sabía las respuestas.

¿Qué debería de hacer con toda esa información? ¿Quién lo tomaría suficientemente en serio como para hacer las investigaciones?

Braven encendió su tableta de datos y vio que Capria se

estaría levantando dentro de las próximas tres horas. La noche se estaba acabando y él necesitaba descansar un poco.

Sección 8

Confusión

«Braven,» Mamá le habló mientras tocaba su hombro. «¿Te vas a despertar hoy?»

Braven gruñó. Había descansado muy poco, estaba exhausto. Estaba agotado mentalmente. Su cama estaba muy cómoda, no se quería levantar.

«¿Tengo que ir hoy?»

«¿No te sientes bien? Iré a traer mi bolsa de medicinas.»

«Estoy bien.» dijo. «Es solo que no me quiero levantar.»

«Si te sientes bien entonces ya sabes cuáles son tus responsabilidades. Todos las tenemos, y se supone que tú debes cumplir las tuyas,» dijo ella.

Braven no la había escuchado hablar así antes. Normalmente estaba más interesada en su bienestar que en sus responsabilidades.

Está enojada conmigo, seguramente ya sabe de la criatura y

sobre todo, lo que pasó ayer que no les conté.

Braven sintió que los había defraudado. Necesitaría hablar con ellos y explicarles sus acciones antes de que dejaran de confiar en él.

«Sí, Señora,» respondió.

Braven se levantó y se preparó para el día. Había faltado a la escuela el día anterior y tenía que ponerse al corriente con sus tareas. Tenía que darse el tiempo para hablar con sus papás. Decidió que haría eso tan pronto como llegara de la escuela en la tarde.

Caminaron hacia la cafetería juntos para desayunar. Braven casi no habló. Mamá estaba tan alegre como siempre y Papá se reía de repente por sus ocurrencias. Mientras comían, Braven vio a Weston entrar por la puerta. Quería ir a hablar con él, pero no estaba seguro de qué pensarían sus papás. Finalmente tomó el valor para preguntar.

«¿Está bien si voy a hablar con Weston? El explorador con el que fui ayer.»

«Claro, aunque ya casi nos vamos, recuerda tus responsabilidades,» dijo Papá.

«Sí, Señor,» contestó. *¿No estaré cumpliendo bien mis responsabilidades últimamente? Papá y Mamá me han estado recordando acerca de ellas. ¿Sabrán más de lo que les he contado?*

Braven rápido terminó su último bocado y limpió su mesa, y caminó hacia donde estaba Weston.

«Hola Braven.»

«¿Ya hablaste con la Directora Scapole?»

«Sí, quería saber qué pasó ayer en el campamento y con Frey.»

«¿Lo va a investigar?»

«Sí. Tiene que mandar una petición a Alfa para que el equipo de investigación se encargue.»

«¿Qué podemos hacer mientras tanto?»

«Sentarnos a esperar. No tenemos ninguna autoridad sobre el campamento. Son una compañía privada y no tienen que seguir las reglas de la Alianza Intergaláctica.»

«¿Y la criatura? ¿Y los chicos desaparecidos?» Braven estaba preocupado por la seguridad de los demás.

«La directora publicará indicaciones de que nadie tiene permiso de salir después de que oscurezca y todas las luces exteriores permanecerán encendidas por la noche. Ella ya sabe que algo no anda bien y que hay al menos una criatura animal.

«Hola Braven,» Skylar estaba tan alegre como siempre.

Braven volteó a ver a su amigo. «Buen día, Skylar.»

«¿Dónde estuviste ayer? Te estuve buscando por todas partes después de la escuela. Vine a tu unidad, pero no había nadie. Pensé que ibas a regresar antes de que terminaran las clases.»

«Ah, llegamos ya tarde anoche. Skylar, te presento a Weston. Él es uno de los exploradores.»

«Sí, ya lo sabía, los veo seguido por aquí. ¿Dónde está el otro explorador?»

«Mm, no va a venir hoy,» dijo Weston.

«Qué bueno, porque no me cae bien. Tú eres el más amable.»

El niño no tenía filtros.

«Skylar, ya deberías ir por tu desayuno. Te veré después de la escuela.» Dijo Braven.

Mientras Skylar se alejaba, Weston dijo, «Pues él no es el primero en decir eso.»

«Frey ya debe saber que su carrera como explorador se ha terminado. ¿Crees que intentará encontrarnos?» Braven estaba preocupado.

«No lo sé. Mantente alerta hasta que alguien venga a ayudar. No quiero que te conviertas en comida para ese monstruo.» Weston dijo en serio.

Braven solamente se quedó en silencio, nunca pensó que alguien quisiera lastimarlo, y no se podía ni imaginar que esa criatura podría atacarlo.

«¿Cómo me mantengo alerta?» preguntó con curiosidad.

«Procura estar siempre rodeado de otras personas, y siempre con por lo menos un adulto. No salgas de noche.

Por ahora no confíes en nadie, ya que no sabemos quién sabe lo que está pasando y quién está del lado de los del campamento. Debo ir a hablar con alguien en un momento. Te veo hoy en la tarde. ¿Está bien?»

«Sí, Señor,» Braven respondió atento.

«Escucha, lo peor que puedes hacer ahora es tener miedo. Recuerda otra vez: respira profundo…»

«Inhala profundo tres veces.»

«Exhala lentamente por la nariz.»

«Lentamente por la nariz.»

«Mantente alerta ante el peligro.»

«Mantenerme alerta ante el peligro.»

«Ten precaución por lo que pudiera suceder.»

«Precaución por lo que pudiera suceder.»

«Conoce tu entorno.»

«Conocer mi entorno.»

«Considera qué hacer.»

«Considerar qué hacer.»

«Eso siempre me ayuda,» dijo el explorador.

Weston se retiró dejando a su joven amigo parado en la esquina de la cafetería. Braven reflexionó sobre la información que acababa de recibir. *¿Weston piensa que alguien me podría estar buscando? ¿Necesito hablar con mis papás? ¿Debería de faltar a clases?*

«¿Ya estás listo para la escuela?»

Skylar interrumpió los pensamientos de miedo de Braven.

Braven inhaló lentamente y comenzó a exhalar por la nariz.

«¿Estás bien?»

«Sí, eso creo. Es mejor que ya nos vayamos.» Braven rápido trató de pensar en otra cosa.

Los dos caminaron hacia sus clases. Braven casi no habló mientras que Skylar platicaba de todos los temas. Cuando llegaron, Skylar preguntó, «Entonces, ¿sí quieres?»

Braven volvió a la realidad. «¿Que si quiero qué?»

«¿Quieres ir a la base del acantilado después de la escuela? ¿No me estabas poniendo atención?»

Skylar parecía molesto.

«Discúlpame, Skylar. Ahorita no lo sé, encuéntrame después de la escuela, ¿sí?»

«Está bien,» le dijo y caminó hacia su salón de clases.

Braven estaba un poco nervioso por todos los acontecimientos y discusiones recientes. No sabía cómo respondería si algo drástico llegara a suceder.

Tal vez Weston me podría enseñar algunas técnicas de defensa personal. Lo iré a buscar después de clases.

El día transcurrió como siempre, tomó todas las clases

normales. Las nuevas instrucciones de precaución que su amigo el explorador ya le había dicho fueron anunciadas a todos los estudiantes. Lo mejor era mantener a todos a salvo. Cuando Braven salió de la escuela, fue directo a encontrar a Weston. Después de buscarlo por una hora, no había tenido suerte. Estaba en la cafetería cuando llegó Skylar.

«Braven, ¿ya estás listo para irnos?» le preguntó con entusiasmo.

«¿Ir a dónde?» Braven se preguntó qué información se perdió.

«A la base del acantilado. Necesito mostrarte algo,» le dijo.

Braven no podía encontrar a Weston y no tenía nada más qué hacer así que cedió. Los dos caminaron el tramo de la colonia hasta la base de la pared vertical de la montaña. Era un lugar único con diversos ejemplares de patrones y composiciones rupestres. Recogió un trozo de granito y, como era su costumbre, lo examinó detenidamente. Nada fuera de lo normal, así que lo dejó caer al suelo.

«Mira esto,» Skylar encontró lo que estaba buscando. «¿No parece otra huella?»

Braven analizó la marca. «Parece la huella de alguien,» dijo.

«Mira esta otra.» El niño le mostró otro ejemplar.

«No, esa es la huella de un humanoide. Skylar, no creo que encontremos nada más,» le dijo para no alarmarlo.

«¿Tú no piensas que hay una criatura?»

«No hay animales en este planeta, todos saben eso,» dijo Braven.

«Entonces ¿qué es el ruido que escucho cada noche? Suena como un ladrido de turpo como los que escuchaba en Edén,» dijo.

Braven se había olvidado de los turpos y de los ruidos que hacían. Su familia había salido de Edén cinco años solares atrás. Los turpos eran juguetones y divertidos y eran buenos acompañantes para niños. El ruido que hacían sí era bastante parecido al que hacía la criatura que había visto la noche anterior.

«¿Cuándo dices que escuchaste esos ruidos?» Braven preguntó.

«Anoche, afuera del perímetro,» le respondió. «Estaba afuera en la oscuridad lejos de la colonia, y sonaba un poco tenebroso. Mamá dio órdenes de que dejaran las luces encendidas toda la noche. Tal vez la luz mantiene a la criatura lejos de la colonia.»

Si Skylar pudo escuchar el sonido, eso quiere decir que la criatura estuvo muy cerca de la colonia.

«¡Ya entendí!» Braven exclamó.

«¿Qué entendiste?»

«Skylar, necesitamos hablar con alguien, pero aún no sé con quién. Tal vez no me crean,» dijo Braven pensativamente. «¡Weston! Debemos encontrar a Weston.»

Los dos corrieron hacia la colonia en busca de su amigo explorador. Buscaron por todas partes hasta que Skylar sugirió que le preguntaran a su mamá. Braven estuvo de acuerdo así que fueron en busca de la Directora Scapole. La encontraron en su oficina.

«Mamá, ¿podemos pasar?» preguntó educadamente.

«Claro que sí,» ella respondió.

«Estamos buscando a Weston, el explorador. ¿Sabes dónde está?» Skylar preguntó rápidamente.

La directora titubeó por un momento, y después dijo, «El explorador Hastern se sintió mal hoy temprano. Está en la enfermería.»

Braven preguntó, «¿Qué pasó?»

«No están seguros todavía. Se quejó de que tenía dolor de estómago y terminó sintiéndose muy mal.»

«No puede ser. Necesito hablar con él de algo muy importante.»

«Puede que él no se sienta suficientemente bien para hablar por un tiempo. Ha estado inconsciente,» dijo ella. «Estaba a punto de ir a ver cómo sigue, ¿me quieren acompañar?»

Ellos accedieron y los tres se dirigieron al otro lado del edificio al pequeño centro médico donde había solo dos camillas. Ahí se encontraba Weston, cubierto con una cobija abrigadora y luciendo bastante pálido. Tenía los ojos cerrados, y respiraba muy lento.

La directora le preguntó a la encargada por su estado de salud.

Ella habló y su traductor respondió, «Él está estable, pero tiene fiebre. Ha estado inconsciente por las últimas cuatro horas.»

«¿Ya sabe qué tiene?» La directora preguntó.

Hubo una pausa por un momento. «Aún no sabemos, seguiremos haciendo exámenes de sangre, pero mis sensores no han registrado nada inusual,» dijo la voz electrónica. No había doctores médicos en la colonia, pero Mesilia, la encargada de la enfermería cumplía con su trabajo muy bien.

Se quedaron en la habitación unos minutos más preguntándose que le pudo haber pasado al explorador. Los humanoides casi no se enfermaban; la enfermería era principalmente para atender cortadas y raspones. Nadie se había enfermado desde que llegaron a la colonia. Se podía ver que esto le sorprendió mucho a la encargada.

«Estás haciendo un buen trabajo, así que por favor

continúa,» la directora le dijo a la joven blauken.

«Gracias directora,» dijo Mesilia.

Los tres salieron de la enfermería y regresaron a la oficina.

«Directora Scapole, ¿Puedo platicarle algo?»

Braven dudó por un momento si ella era la persona indicada.

«Claro que sí,» ella contestó.

Braven cerró la puerta y se sentó con Skylar en una de las sillas de alrededor de la mesa. Comenzó a platicar acerca de la vez que uno de los chicos desaparecidos lo invitó a hacer algo 'divertido.' Y que cuando llegó y vio a otro chico ahí, decidió echarse para atrás. Y que a la mañana siguiente reportaron a los dos chicos como desaparecidos, así que él regresó al lugar donde los había visto y encontró una huella. Braven sacó su dispositivo y le enseñó la foto a la directora.

«Antes de llegar a donde estaban, escuché un ladrido proveniente de la oscuridad. Fue el mismo ladrido que escuché en el campamento, cuando Weston y yo vimos a la criatura.»

«¿Te refieres a la serpiente radzieriana que Weston mencionó?»

«Sí, Señora. Pero era muy grande, probablemente medía tres metros de alto.»

«Si hubiera una criatura así, ¿Por qué nadie la ha descubierto? ¿Qué come? ¿Dónde vive? Y si existiera alguna, ¿no necesitaría una pareja?»

«Además, estaba oscuro cuando fui a ver a los chicos en el campamento, las luces estaban todas apagadas cuando apareció la criatura,» dijo Braven.

«¿O sea que la criatura le tiene miedo a la luz?»

«Sí,» continuó. «Ambas veces, Capria ya se había metido y Wilstor aún no salía. El único satélite presente era Kadyen, el cual da muy poca luz, yo pienso que la criatura no aparece cuando hay luz.»

«Eso tiene sentido,» dijo ella. «Y quiere decir que necesitaremos tomar precauciones. Ya he dado órdenes de que nadie salga después de que se meta Capria y que todas las luces exteriores permanezcan encendidas durante la noche.»

«Muy bien,» los dos niños dijeron al mismo tiempo.

«¿Pero ¿qué tiene que ver esta criatura con el campamento?» ella preguntó.

No hubo respuesta.

«Ah, y otra cosa,» dijo Braven. «Fui a ver a mi mamá a su laboratorio y escuché a dos hombres hablar acerca de los chicos desaparecidos. Hablaron acerca de 'capródromos' y de los chicos desaparecidos. Una de las voces era de Frey.»

«¿Dónde está esa oficina?» ella preguntó.

«Está a dos puertas antes de la puerta del laboratorio de mi mamá.»

La directora levantó la cabeza hacia el techo, cerró los ojos y respiró profundo por la nariz. «Gracias,» ella dijo. «Ustedes dos ya se pueden retirar, hablaremos después. ¿Tus papás saben todo esto?»

«No, Señora,» dijo Braven con timidez, pensó que lo regañaría.

«Es mejor así. Hablaremos con ellos pronto para platicar de toda esta situación. Tal vez ellos puedan ayudar con la investigación. Muy bien, chicos, ya se pueden ir. No estén afuera cuando oscurezca.»

«Sí, Señora,» dijeron los dos niños a una voz mientras salían de la oficina.

«¿Qué piensa hacer ahora? ¿qué puede hacer?» Braven le preguntó a Skylar.

«Ella sabrá qué hacer.»

Los dos salieron y se dirigieron hacia la cafetería, donde Braven encontró a sus papás.

«¿Dónde te has metido estos días? Hemos tenido que comer sin ti por un buen rato,» dijo Mamá.

«Disculpen, estábamos platicando con la mamá de Skylar.»

«¿Acerca de qué?»

«Mmm,» Braven volteó a ver a Skylar.

«De algunas cosas,» dijo el niño.

«No están metidos en problemas, ¿verdad?» preguntó Papá.

«No, para nada. Solamente necesitaba verla y Braven me acompañó.»

«¿Ya se enteraron del toque de queda? Todos debemos estar adentro cuando se meta Capria,» dijo Papá.

«Sí, Señor,» los dos contestaron.

Capria se metería en una hora así que los dos chicos se fueron cada uno a su unidad. Acordaron de verse por la mañana en la cafetería.

***

A la mañana siguiente, los Triton estaban en la cafetería. Braven esperaba a Skylar. Ya habían terminado de tomar su desayuno y aún no llegaba Skylar. Los papás de Braven se fueron a su trabajo, pero Braven fue a ver a su amigo antes de ir a la escuela.

Cuando llegó, su amigo ya iba saliendo de su unidad. Skylar le dijo que ya no podía pasar tiempo con él.

«¿Qué pasó?» Braven estaba preocupado.

La directora Scapole salió y dijo severamente. «Yo pienso que Skylar necesita tomar un tiempo lejos de ti. Tú necesitas dejar de meterte en problemas, y no debes andar solo.

¿Entiendes? Esto no es un juego.»

Eso tomó a Braven por sorpresa. La directora fue muy fría al dar esas indicaciones. Algo debió haber pasado la noche anterior. «Sí, Señora,» respondió él.

Braven se alejó. ¿Qué fue eso? Se sintió rechazado. ¿Hizo algo para ofender a Skylar o a la directora? ¿Qué estaba pasando? Sintió que no podía hacer nada bien últimamente.

Caminó lentamente hacia la escuela. La palabra 'desanimado' es poco para describir cómo se sentía. ¿Ahora con quién iba a hablar sobre la criatura y sobre toda esta situación? La directora ya no lo quería, y Skylar no lo podía visitar. Weston estaba inconsciente. Mamá y Papá seguramente estaban muy enojados con él. Se sentía abandonado y muy solo.

Decidió pasar a la enfermería para ver cómo seguía Weston. Llegó a la puerta del centro médico y se asomó por la ventana. No había nadie. Abrió la puerta y encontró las dos camas vacías.

¿Qué pasó con Weston? ¿Qué me esperará en este día?

Buscó a la encargada, pero ella no estaba ahí.

«¿Qué está pasando?» Braven preguntó en voz alta.

Salió de la instalación y volteó a ver para los dos lados del camino. Estaba vacío. ¿Todavía no había llegado nadie a trabajar? Siguió caminando para ir a ver a su mamá. Con suerte ella sí estará ahí.

«¿Por qué no estás en tus clases?» Mamá preguntó sin saludarlo primero.

Braven buscó alrededor pero no vio a nadie. «Mm, vine a ver a Weston. ¿Sabes dónde está?»

«¿El explorador? ¿No está en la enfermería?»

«Ahí estaba anoche pero ahora no hay nadie.»

«Me pregunto si hay alguna otra facilidad a donde lo hayan trasladado,» dijo ella. «Lo averiguaré y te haré saber esta tarde, pero por ahora, ya anda a tus clases.»

«Sí, Señora. Gracias.»

Braven fue a sus clases ese día, pero no estaba mentalmente presente. Su mente estaba en el remolino de todos los acontecimientos de los últimos días…horas.

Después de sus clases, fue a ver a su mamá. Tal vez ya sabía a dónde se llevaron a Weston.

«Me dijeron que lo tuvieron que llevar a la Colonia Alfa para brindarle tratamiento adicional.»

Las esperanzas que Braven tenía de recibir ayuda del explorador se desvanecieron. *Estoy solo ahora. ¿Qué puedo hacer? Sólo soy un niño.*

Braven caminó hasta la base del acantilado y usó una roca como respaldo. Vio el habitual apresuramiento de individuos haciendo lo que estuvieran haciendo. Su mente dio vueltas. ¿Qué había hecho para que tantos lo rechazaran? Incluso sus papás estaban decepcionados de él. ¿Para qué tenían que haber venido a esta colonia? Su vida en Alfa era mucho mejor. Tenía varios amigos que no lo abandonarían. Pero no tenía a nadie en Zeta. Se sintió desesperado.

Estuvo sentado ahí por casi una hora hasta que decidió regresar a su unidad. No tenía ningún interés en ir por alimentos, así que fue directo a su casa y a su cama. Capria aún alumbraba por la ventana. Se volteó y el sueño le ganó.

***

Braven abrió sus ojos. Estaba oscuro. Los pensamientos lo seguían atormentando. Cerró los ojos y trató de no pensar en nada. Se sentía perdido. ¿Cómo se metió en esta situación? ¿Cómo le haría para salir de ella? Estuvo recostado por horas. Se sintió estar dando vueltas sin poder parar.

Capria comenzó a asomarse por el horizonte. Braven no se quería levantar. Si se quedaba en su cama todo el día, ¿Alguien lo notaría? ¿A alguien le importaría? Se dio la vuelta.

«Buenos días. Hora de levantarse,» una alegre voz dijo desde su puerta.

Braven no respondió.

«¿Braven?» Mamá le llamó otra vez. Ella vio que él no se movía así que preguntó, «Cariño, ¿estás bien?»

Braven parecía no poder contestar. Tenía miedo de que Mamá se enterara de lo que había estado haciendo y de que lo castigara por el resto de su vida.

«¿Braven?» Mamá se acercó a él. Se oía bastante preocupada.

Se le salió una lágrima a Braven. «Mamá…» Por fin pudo empezar a hablar.

«Cariño, ¿qué te pasa?» Mamá se sentó a un lado de su cama y puso el brazo en su hombro.

Braven volteó a verla. «Lo siento mucho,» Era todo lo que podía decir. Le temblaba la voz mientras sus lágrimas brotaban.

Mamá sólo lo abrazó sin decir nada. Podía sentir perdón y aceptación en el abrazo de Mamá.

Después de un rato, Mamá dijo, «No sé por qué dices que lo sientes, pero ya sabes que todo se puede arreglar. ¿Quieres que lo platiquemos?»

Las emociones estallaron.

Papá entró a la habitación. Sabía que algo no andaba bien, así que en silencio se sentó al otro lado de la cama para consolar a Braven y demostrarle su apoyo.

Braven nunca antes les había escondido algo a sus padres y la presión interna por fin explotó. Aunque la directora le había dicho que no les dijera nada, en medio de lágrimas les contó todo lo que había sucedido desde la vez que vio las sombras, cuando fue a encontrar a los chicos esa noche, cuando lo encerraron, la criatura, Frey, Weston, la directora…todo.

«¡Y nadie me cree!»

«Llegaremos hasta el fondo del asunto,» Papá le dijo.

«Discúlpenme si los he decepcionado,» Braven se disculpó mientras secaba sus lágrimas.

«Escucha jovencito,» dijo Mamá, «ya deberías de saber que a nosotros nos puedes decir cualquier cosa y te vamos a creer. Siempre nos has demostrado lo responsable y lo íntegro que eres. Estamos muy orgullosos de ti, y no estamos enojados contigo. Y nunca en la vida nos has decepcionado. Estamos muy orgullosos de quién eres.»

Mamá y Papá lo abrazaron de manera especial, como solo la familia más cercana lo puede hacer. Una ola de emociones inundó otra vez a Braven. Liberó todos sus sentimientos de culpabilidad y de decepción. Estaba muy orgulloso de tener a los padres que tenía.

Papá y Mamá le besaron la frente.

«Braven, si te quieres quedar aquí hoy, tienes nuestro permiso, has pasado por muchas más dificultades que casi cualquier niño de tu edad; te mereces un descanso,» dijo Papá.

«Gracias, creo que sí me quedaré,» dijo todavía secándose las lágrimas de las mejillas.

«¿Quieres algo de la cafetería?» Mamá le preguntó.

«No, gracias.»

«Voy a ver como sigue Weston, y tú, ¿puedes ir a hablar con la directora?» Mamá le preguntó a Papá.

«No le digan que les platiqué todo esto,» dijo Braven preocupado.

«Seré discreto como siempre,» dijo Papá sonriendo. Él era muy buen investigador; entendía mucho más por las cosas que la gente se callaba que por lo que platicaba. Braven deseaba tener ese talento.

Braven se quedó recostado en su cama un rato más después de que salieron sus papás. Si los llegara a necesitar, podía contactarlos por el sistema N-Line. Tenía un nuevo punto de vista de toda la secuencia de eventos. El haber hablado con sus padres le ayudó a ver las cosas desde otra perspectiva. Tal vez no se estaba volviendo loco como pensó. Cerró los ojos y se durmió.

***

Braven no podía mover sus brazos. No podía respirar. Estaba batallando. Abrió los ojos y vio a dos hombres parados a un lado de él, y uno de ellos estaba sosteniendo algo contra su cara. Se relajó. Oscureció. Descansó.

Sección 9

Temor

Braven abrió los ojos. Estaba oscuro. Tenía un horrible dolor de cabeza. Puso las manos a los lados de su cabeza.

¿Qué pasó? ¿Dónde estoy?

Se sentó, miró alrededor, no veía nada. El piso estaba sucio. Podía oler ese fuerte olor del campamento minero. Tenía mucho frío. Se dio cuenta de que no tenía ropa puesta.

«¿Dónde está mi ropa? ¿Qué está pasando?»

«Hola,» gritó con pánico. Se oyó el eco. Su corazón se aceleró; su respiración incrementó.

«Hola,» dijo en voz más alta.

Nada. Su mente dio mil vueltas. Entró en pánico y gritó. El eco se oía vez tras vez. La terrible sensación de temor era más fuerte de lo que podía imaginar. Movía sus manos en todas direcciones, pero no tocaba nada. El temor se apoderó.

Se agarró la cabeza y lloró.

Después de volver en sí, pensó en su situación. *¿Qué dijo Weston que hiciera? ¿Estar listo? No, no era eso. ¿No llorar?* Braven sentía que sus lágrimas seguían corriendo. *No, respirar profundo tres veces, exhalar lentamente por la nariz, estar alerta de cualquier peligro, tener precaución por lo que podría pasar, conocer tu entorno y considerar qué hacer.* Braven pudo recordar lo que le dijo el explorador que hiciera cuando tuviera miedo.

Inhaló profunda y lentamente exhaló por la nariz. repitió el ejercicio dos veces más. Eso le ayudó a tener una sensación de estabilidad.

Estar alerta de cualquier peligro. Braven trató de oír, pero había total silencio. No podía ver, así que tenía que enfocarse en sus otros sentidos. Trató de guiarse por el tacto, y podía sentir que había polvo por todas partes. No estaba dentro de un edificio. Buscó cualquier cosa que le diera una pista de dónde estaba, pero no encontró nada. Podía oler ese fuerte olor.

Recordó el momento cuando lo despertaron dos hombres que nunca antes había visto. Recordó algunos incidentes con Weston, los dos chicos desaparecidos, y la Directora Scapole. Se acordó que ese mismo olor era mucho más fuerte en el campamento minero.

Estoy en una de las cuevas del campamento minero donde vive la criatura. ¡Me pusieron aquí para que me coma!

Braven casi no podía contenerse. Inhaló profundamente pero rápidamente exhaló. El miedo invadió cada célula de su cuerpo. Empezó a temblar, y le brotaban las lágrimas. Lloró. Gritó. El eco repitió los gritos varias veces.

Braven, tranquilízate, ya no grites.

Lentamente se levantó y empezó a caminar con sus brazos extendidos para no pegarse con algo. No sentía que hubiera nada, caminó un poco más y al fin sus manos tocaron una pared empolvada. Siguió guiándose por la pared todo lo que pudo, pero esta terminó en frente de él sin llevarlo a ningún lado.

Se aferró de una esquina. Palpó a lo largo de la pared con su mano izquierda, usando su mano derecha para tentar que no hubiera nada frente a él que lo pudiera lastimar. La pared continuaba, así que él siguió. El piso no estaba nivelado y en ocasiones se tropezaba con rocas o con irregularidades en el suelo. Caminó algunos doce metros más y la pared llevaba a otra área abierta. Siguió ese giro y siguió avanzando a lo largo de la pared.

Braven usaba sus otros sentidos porque aún no veía nada. Llevaba los ojos cerrados para evitar que se le metiera polvo, o que lo lastimara alguna roca de la pared. Seguía percibiendo el mismo olor pero tal vez ya se había acostumbrado a olerlo, pues ya no lo sentía tan fuerte. No había sonido alguno. La pared se sentía fresca por la humedad. Se dio cuenta que el suelo tenía más inclinación que declive. Continuó caminando a lo largo de la pared.

De repente escuchó un pequeño ladrido detrás de él.

Braven se quedó inmóvil. Abrió sus ojos y contuvo la respiración. Después siguió su camino. Buscó todo el tiempo utilizando cada sensación para encontrar un posible rumbo.

Nada cambió. Los abruptos cambios en el nivel del suelo hacían que se le dificultara el camino. Otros doce metros, vueltas a la derecha, vueltas a la izquierda, parecía que no tenía fin. Siguió caminando. Lagrimas le corrían por las mejillas.

Por fin un pequeño reflejo de luz apareció en frente de él. La más hermosa vista que se podría imaginar. Lo llamaba y esperaba que llegara a ella. Otra vez, apresuró el paso. La luz crecía paso a paso. No era tan intensa, pero se apreciaba en tanta oscuridad que le rodeaba.

Otro ladrido.

Cuando comenzó a caminar más rápido, se tropezó con el pie derecho con una roca que había en el camino. Se cayó sobre una piedra grande y rasposa y se pegó en la rodilla. El dolor se le disparó por todo el cuerpo.

Gritó en voz alta. Braven sabía que, si la criatura lo escuchaba, sería su próxima comida. Se tuvo que contener y no hacer ruido.

Lentamente se levantó otra vez. Se detuvo por un segundo e hizo una mueca de dolor, continuó cojeando. Llegó a donde estaba la luz y pudo ver lo que había alrededor de él. Tal como lo imaginaba, se encontraba dentro de una de las cuevas de la caverna. Vio que la luz provenía de una de las lámparas del campamento.

Siguió su camino a lo largo de la orilla de la pared de la cueva hacia la caverna. Tenía que asegurarse de que nadie lo viera, así que iba vigilando alrededor constantemente. Aún no había llegado a la boca de la cueva cuando una sirena comenzó a sonar y las luces a parpadear dando vueltas.

Se le cortó la respiración por un momento. Se movió aún más rápido hacia la salida. Los metros parecían kilómetros y sentía que los pies se le movían tan lento como si estuviera caminando bajo el agua. Escuchó otro ladrido que provenía de muy adentro en la cueva detrás de él.

Las luces se desvanecieron. Braven no podía ver nada. Sentía los latidos de su corazón en la garganta.

Fuera de la caverna, corrió cojeando lo más rápido que pudo hacia algún lugar en donde refugiarse. La rodilla le dolía demasiado, cayó en el suelo. Gateó con dos manos y un pie hasta encontrar un edificio y se fue por alrededor de él hacia la parte trasera. Se sentó ahí, temblando y batallando para respirar.

Un ladrido desde la cueva se escuchó e hizo eco en la caverna, a Braven le empezó a latir muy rápido el corazón; se quedó sin aliento por un momento. Se recostó en el suelo, a un lado del edificio con la cabeza escondida. Tenía la esperanza de que su escondite fuera suficiente para ocultarlo.

Otro ladrido. Esta vez se escuchaba más cerca. Braven pensó en sus papás y en lo mucho que los amaba. Estaba contento de haber hablado con ellos.

Otro ladrido. Braven ni respiraba. Se sentían sus latidos en todo el cuerpo. La intensidad del momento era más de lo que podía aguantar. Se le nubló la vista y por un momento sólo había oscuridad.

Otro ladrido. Volvió a abrir los y ojos luego los cerró de inmediato. Se preparó mentalmente para ser devorado por esos dientes filosos de la criatura. Le corrían las lágrimas. Dejó de respirar otra vez.

Otro ladrido. Pero esta vez se oía menos intenso. Braven abrió los ojos. ¿Su escondite funcionó? Se rehusó a voltear, y esperó un poco.

Otro ladrido. Éste se oyó a la distancia. Sabía que la criatura ya se había alejado, pero aún no se quería mover.

Esperó un poco más.

Después de varios minutos, recobró la compostura. *Respira, Braven, respira.* Su corazón empezó a latir más lento. Su respiración se relajó. Sintió náuseas y vomitó.

Siguió recostado. Las luces volvieron. Había una lámpara montada directamente por encima de su escondite. Rápidamente se movió al otro lado del edificio para alejarse de la luz.

¿Dónde se pudo haber escondido? Aún estaba en el campamento del enemigo. El enemigo que lo quería comer. Escuchó que se abrieron las puertas y que humanoides caminaban por ahí. No dijeron nada, pero parecía que regresaban a trabajar como si nada hubiera pasado.

Braven examinó el área. Estaba en la orilla del campamento y de espaldas a los edificios. No podía simplemente correr hacia la oscuridad por la criatura. No podía permanecer donde estaba porque había muchos mineros. ¿Qué hacer?

Inhala profundo tres veces, exhala lentamente por la nariz, está alerta de cualquier peligro, ten precaución de lo que podría pasar, conoce tus alrededores, y considera qué hacer.

Tengo que mantenerme alejado de cualquier humanoide, mantenerme alejado de la criatura y encontrar un escondite hasta que regrese Capria. Cuando amanezca, tal vez podré regresar a la colonia.

Él tenía que encontrar un lugar para esconderse donde nadie lo pudiera encontrar. Estudió el área. Necesitaba ponerse unos zapatos si iba a caminar. *Usar ropa sería muy bueno también. Se llevaron toda mi ropa para que no quedaran rastros de mí después de que me devorara la criatura. Mis papás nunca habrían sabido lo que me había pasado porque no habría ninguna evidencia de que había muerto de una manera horrible y que el monstruo me estaba digiriendo.*

Llegó a uno de los edificios de la orilla. Lentamente abrió la puerta y encontró dos pequeñas camas, una a cada lado del pequeño edificio. Entró y se dio cuenta de que esa era la vivienda de dos de los mineros. Encontró una camiseta, y se la puso, pero le quedaba demasiado grande. Buscó al otro lado del edificio y encontró una más pequeña. Se quitó la más grande y se puso la pequeña. También encontró pantalones, le quedaban un poco grandes, pero los amarró bien para que no se le cayeran. Encontró zapatos que se acercaban a su talla.

Sabía que no se podía quedar mucho tiempo ahí porque los mineros podrían regresar en cualquier momento. Con cuidado regresó afuera y lejos del campamento. Permaneció lejos de los edificios a la orilla del campamento, pero aún donde había luz para poder ver. Necesitaba la luz de Wilstor.

Apenas se dio cuenta de que no había visto la luz de Wilstor en las últimas noches. *Wilstor debe estar saliendo durante*

el día. Me pregunto si la criatura sale cuando la luz de Wilstor brilla.
No brilla mucho durante la noche y a la criatura no le gusta la luz.

Se sentó en silencio en el pasto. El aire no hacía ningún ruido. Kadyen estaba directamente encima. La noche era pacífica. Braven pensó en como esta pudo haber sido una noche desastrosa para él, pero terminó en paz. Estaba listo para regresar a la seguridad de la colonia.

Se preguntó si lo habían capturado porque sabía demasiado acerca del campamento minero. Estos mineros estaban haciendo rica a la compañía y también probablemente a sí mismos. Harían cualquier cosa para mantener su negocio a flote, hasta matar a humanoides si fuera necesario.

¿Por qué no simplemente matan al monstruo en lugar de dejar que él mate a humanoides? ¿No podrían al menos capturarlo? Braven no tenía respuestas.

Se quedó sentado por varias horas y estuvo alerta de cualquier sonido y movimiento.

Cuando la temprana luz de Capria tocó el horizonte, la sirena sonó otra vez. Braven se quedó inmóvil. ¿A dónde se podría ir ahora? Oía ruidos que provenían de atrás de él y del lado derecho. Se hundió en el pasto y se recostó, jaló el pasto de alrededor para ponerlo encima de él. Un ladrido se escuchó a solo unos veinte metros. Braven paró de respirar y se preguntaba si su escondite era lo suficientemente bueno.

El ladrido se escuchó más cerca, y una parte del pasto que lo cubría se voló con el aire. Se aceleró su corazón. No debía hacer ningún ruido. Vio algo que parecía una sombra pasar por él y luego de regreso. El sonido de los ladridos del monstruo poco a poco se fue desvaneciendo. Braven aún no se quería mover.

Las luces iluminaron otra vez y los mineros regresaron al deshabitado campamento. Braven se quedó recostado un rato más, ya que sentía que ahí nadie lo podía ver. Estaba pensando en lo que debía hacer ahora. Si salía a campo abierto, alguien lo podría ver. No se podía quedar ahí por mucho más tiempo.

Sección 10

La Travesía

Braven lentamente levantó la cabeza para ver sobre la flora. Volteó a ver el campamento, se veía bastante ocupado. Estudió todos sus alrededores. No vio humanoides, excepto los que estaban trabajando en el campamento.

Le tomaría casi todo el día caminar de regreso a la colonia. Se preguntó si alguien que viajara desde o hacia el campamento lo vería. Se tenía que mantener alejado de todos hasta poder encontrar a alguien en quien confiar.

Se dirigió por el pasto a un lado de la montaña y se salió de la vista del campamento. Su rodilla le dolía demasiado. ¿Cómo iba a caminar tanto con ese dolor? De repente no supo lo que iba a hacer. Descansó por un momento y pensó.

¿Cómo voy a caminar hasta allá con tanto dolor? Pero no me puedo quedar aquí donde me quieren usar para alimentar al monstruo.

123

Si no me voy ahora, va a estar oscuro antes de que llegue a la colonia, lo cual es peligroso porque es cuando sale la criatura. Es mejor que le camine o nunca llegaré a salvo.

Así que Braven comenzó su camino hacia la colonia. Mientras caminaba, su rodilla se empezó a sentir mejor, tal vez debido al uso. Se mantuvo cerca de la montaña y de la flora por si necesitaba esconderse otra vez. Todo le fue bien por las siguientes dos horas. Caminaba lo más rápido que podía. Se veía el mismo tipo de paisaje por todos lados, varios monolitos en el horizonte. El cielo estaba despejado, azul oscuro como siempre. Capria aún no salía; ya casi salía Wilstor.

Braven escuchó un tarareo que venía de enfrente de él. Rápido se recostó sobre el pasto, jaló tanta flora de alrededor como pudo para cubrirse, no se pudo cubrir completamente, le empezó a latir rápido el corazón. Tenía la esperanza de que el pasto fuera suficiente para esconderlo de la vista. El sonido se escuchó más fuerte. Sostuvo la respiración. Se escuchó aún más fuerte. Volvió a sostener la respiración.

El sonido creció. Se escuchaba directamente por encima de él. Era un vehículo volador. ¿Se debería de levantar y llamar la atención o mantenerse escondido donde estaba? ¿Quiénes iban a bordo? ¿Eran los colonos de Zeta o los mineros? El vehículo continuó su vuelo sin bajar la velocidad; poco después se alejó y se perdió de vista.

Braven respiró con gran alivio. Se alegró de que la flora le llegara a las rodillas y era lo suficientemente alta como para esconderlo.

Con dificultad incrementó la velocidad de sus pasos. Su rodilla estaba cansada y le dolía. Continuó. Tenía que regresar a Zeta antes del anochecer. No quería encontrarse con la criatura en algún lugar donde no se pudiera esconder. Estaba horrorizado por la experiencia que había vivido esa mañana. No quería volver a estar en esa situación jamás.

¿En quién puedo confiar? En Mamá y Papá, creo que solamente en ellos. Les voy a decir que necesitamos irnos de Zeta y regresar a Alfa o salirnos de este planeta. ¿Por qué el campamento minero sigue trabajando si hay un monstruo ahí? Saben que está ahí porque se preparan para cuando llegue y se vaya por la noche. ¿Por qué simplemente no lo matan? Braven no podía creer las decisiones que estaban tomando.

Pasando el mediodía, el pasó de Braven se hizo más lento. Aunque sabía que tenía que regresar pronto. Avanzaba y caminaba con toda la precaución posible.

Si un vehículo volador fue al campamento esta mañana, debe regresar a la colonia antes del anochecer. Trataba de escuchar con mucha atención en caso de que hubiera cualquier ruido. El viento soplaba suavemente en su cara. La luz de Capria era cálida. No había ningún ruido.

Mientras caminaba, la hierba alta comenzó a moverse y a temblar frente a él. Las hojas se empezaron a cerrar sobre sí mismas. Todo alrededor, el pasto se convirtió en ramas larguiruchas.

«¡Oh no!» Braven dijo en voz alta mientras corría hacia la montaña. «¡No ahora!» gritó.

Cayó un rayo cayó a unos quince metros en frente de él. Se refugió detrás de la única roca que pudo encontrar, aunque no era lo suficientemente grande para cubrirlo completamente. Fue a buscar otro refugio. Otro rayo cayó en la montaña sobre donde él estaba. Fue cubierto por una metralla de piedras. Se agachó más.

El viento azotaba en su ropa y su pelo. Se podía sentir la electricidad en el aire. Se cubrió la cabeza con las manos y permaneció quieto. Escuchaba el golpe de los relámpagos y los vientos desgarradores. Otro rayó cayó en el suelo en frente de él.

Braven recordó la horrible vez cuando estuvo atrapado en una tormenta, y cuando por poco y no sobrevive. Las tormentas eran demasiado caóticas.

Se agachó en silencio. No tenía idea de cuándo iba a cesar la tormenta, pero sí sabía que, por culpa de ella, él no iba a poder regresar a la colonia a tiempo. Eso le causó mucha frustración.

«¿Por qué tiene que ser tan difícil?» dijo en voz alta. Sabía que nadie lo podía escuchar, ni siquiera él se podía escuchar a sí mismo.

La tormenta seguía su rugido. Cayeron otros dos rayos lo suficientemente cerca de él como para cubrirlo de polvo y piedras. Pero casi siempre pegaban en campo abierto.

Pensó que ya se había librado de que el monstruo se lo comiera, y se rehusaba a morir en la tormenta. *¿Y si sólo sigo mi camino? Si me cae un rayo, que me caiga. Si esta cosa dura mucho tiempo, voy a quedarme atrapado en campo abierto y luego viene el monstruo a comerme. Morir por un rayo o por un monstruo, ¡qué locura!*

Después de darse valentía, Braven se levantó y comenzó a correr tan recio como su rodilla le permitía. Se sorprendió de lo rápido que se podía mover aún con la rodilla lastimada. El viento lo azotaba terriblemente y lo tiró al suelo en tres ocasiones. Pero Braven continuó. Tenía que triunfar en su misión. Si fallaba, ¿cuántos humanoides más morirían atacados por la horrible criatura? Estaba determinado en completar su misión, y salvar a tantos otros como fuera posible. Sólo tenía que regresar a la colonia.

Continuó en contra de los vientos y rayos. Volvió a caer otro rayo muy cerca de él, eso lo asustó, pero no perdió la vista de su misión.

Después de media hora, se dio cuenta de que los rayos

ya no pegaban tan seguido como antes. La tormenta se había quedado atrás. La había superado. Braven se sintió aliviado.

Continuó hasta que el dolor de rodilla ya no se lo permitió. Se detuvo a descansar por un momento. Estaba exhausto. No había probado alimento desde la mañana anterior a su secuestro. No había bebido agua desde antes de irse a dormir, después de haber hablado con sus papás. No tenía idea de cuánto tiempo había pasado desde que los dos hombres lo raptaron de su habitación hasta que despertó en la cueva.

Se examinó la rodilla. Estaba bastante hinchada. Se quitó la playera para envolverla muy ajustadamente en su rodilla. Recordó que su mamá le dijo que, si envolvías las heridas bien ajustadamente, ayudaría mucho a reducir la inflamación. Empezó envolviendo una manga y terminó con la otra, y amarró la orilla de la manga con el resto de la playera.

Comenzó su camino otra vez. No podía ir muy rápido.

Braven observó a Capria. Se estaba acercando al horizonte, pero todavía le quedaba una hora para desaparecer. No sabía qué tan lejos estaba todavía de la colonia. Solamente sabía que tenía que seguir en esa dirección y en algún momento llegaría, y con suerte, antes del anochecer. Kadyen se empezaba a asomar sobre el horizonte. Braven comenzó a caminar más rápido.

Capria tocó el horizonte. Braven incrementó la velocidad de sus pasos. ¿Y si Zeta aún estaba a kilómetros de ahí? ¿Qué pasaría si oscurece y solamente me queda la tenue luz de Kadyen para ver? ¿Y si el monstruo regresa antes de que yo llegue a la Colonia?

Braven trató de aclarar su mente, ya que había muchas posibilidades de lo que podría pasar y todas eran negativas. Prefirió pensar en su reunión con sus papás; ellos estarían tan felices de verlo como él a ellos.

Ahora no sólo le dolía la rodilla sino también la cabeza y los ojos. Necesitaba ayuda.

Oscureció, Capria desapareció, y Braven casi iba corriendo en un solo pie. El dolor estaba presente, pero trataba de bloquearlo de su mente tanto como podía. No iba a dejar que el dolor le disminuyera la velocidad.

El tarareo del vehículo volador regresó, se escuchaba detrás de él. Él siguió corriendo, la máquina avanzaba sobre él sin cesar su velocidad. Sabía que la colonia debía estar cerca, o al menos en la dirección en la que iba. Él continuó.

A la distancia podía ver luces. ¡Era Zeta! El sentimiento de alivio inundó a Braven. Sólo tenía que encontrar luz antes de que viniera esa criatura. Se apuró hasta llegar a la luz a la orilla de la colonia. Se tuvo que parar. Examinó su herida, estaba aún más hinchada. Se puso la camiseta y entró a la colonia sin que lo vieran.

El vehículo estaba estacionado al otro extremo de la colonia. Seis hombres caminaban desde la nave hasta el edificio administrativo. Dos de los hombres escoltaban a uno y los otros los seguían. Llevaban armas de láser.

Braven observó más detenidamente y se percató de que el hombre al que estaban escoltando era Frey. Fue testigo del regreso y del encarcelamiento del explorador. Le molestaba mucho que Frey hubiera traicionado el juramento de honor, lealtad, confianza e integridad de los Exploradores. Se sentía indignado de que Weston y él tuvieron que estar encerrados en ese cuarto por horas. Weston era su fiel amigo explorador, y ahora estaba desaparecido. ¿Se lo comería el monstruo como casi lo come a él? ¿Cómo los pudo haber traicionado así?

«¡Braven!» Skylar salió corriendo de su unidad.

Braven se cayó. Estaba exhausto y no tenía fuerzas. Skylar corrió hacia él.

«¿Estás bien?» El niño se veía preocupado.

Braven lo abrazó y lloró. Estaba tan contento de ver a alguien.

«Necesito agua,» Braven dijo al fin.

«Enseguida te traigo un vaso.» Skylar corrió a su unidad.

En sólo segundos regresó con una jarra llena del precioso líquido.

El agua era tan refrescante. Skylar volvió a correr a su unidad a traerle un poco de comida que tenía. Braven trataba de no atragantarse al comer y beber tan rápido pero su cuerpo necesitaba sustento. La cabeza latía de dolor, la rodilla igual, y también le dolían los pies, pero al menos no se iba a morir de hambre o sed…ni sería devorado por la criatura.

«¿Dónde has estado? Todos te están buscando.»

«Te lo contaré, pero también debo decírselo a mis papás y a tu mamá. Skylar, hay un monstruo que come humanoides,» dijo Braven.

«Ya nos enteramos. Mi mamá ya lo anunció a todos hoy y vamos a salir de la colonia tan pronto como encontremos transporte. Tus papás están demasiado consternados.»

«Ya sé que lo están. ¿Qué está pasando con Frey?»

«Mamá dio órdenes al Equipo de Seguridad para que fueran al campamento minero, arrestaran al Explorador Frey, y que lo trajeran de regreso a la colonia. Salieron temprano esta mañana y apenas regresaron,» le dijo.

«Quiero ver a donde lo van a llevar.»

«¿Después de que veas a tus papás?»

«No, lo quiero ver ahora.» Braven estaba más enojado con Frey por su comportamiento que cualquier otra cosa.

Sección 11

La Confesión

Los jóvenes caminaron hacia el edificio administrativo. El personal de seguridad sostenía firmemente al explorador afuera del edificio. Las manos de Frey estaban atadas detrás de su espalda. Su ojo izquierdo estaba tan hinchado que se le cerraba, tenía cortadas en sus dos mejillas. Lo llevaron a una de las oficinas del edificio administrativo que habían convertido en una celda de prisión.

Braven y Skylar entraron al edificio sin que nadie los viera. Skylar conocía bien el edificio. Caminaron hacia la oficina que estaba a un lado de la celda de detención. Acercaron los oídos a la pared para ver si podían escuchar lo que estaba pasando. Algunas palabras se escuchaban claramente, pero otras no se entendían. Se concentraron para escuchar todo lo que pudieran.

«…me escuchaste? ¡Y no pienses que no sería capaz de hacer eso!» dijo la directora firmemente.

Hubo una pequeña pausa. Braven se acercó aún más para escuchar mejor.

«¡Respóndeme ahora o te mandaré con esa criatura!» Lo amenazó. Se escuchó un fuerte golpe junto con sus palabras.

Frey suspiró. «En nuestra exploración del año pasado, nos topamos con un depósito de una sustancia desconocida. Tomé una muestra y la analicé. Era cyliorita, cyliorita pura. Lo que usamos ahora para fabricar los contenedores para la maldonianita, ya sabes, lo que alimenta nuestras células de energía. Sin cyliorita, no se podrían producir nuevas células.»

«Estoy al tanto de todo eso, ¡pero dame los detalles!» insistió la Directora Scapole.

«Cuando encontramos este depósito con abundante sustancia, me puse en contacto con la compañía minera, y ellos me preguntaron si yo los podía ayudar. Comenzaron a excavar. Prometía ser un negocio que nos iba a volver millonarios, a la compañía y a mí. Cuando llegaron a cierto punto en la excavación, comenzaron a perder algunos trabajadores. La compañía pensó que simplemente eran empleados que no querían trabajar y dejaban su puesto así que los iba reemplazando. Empezaron a notar que cada dos o tres noches, desaparecía un humanoide, especialmente cuando Wilstor no estaba presente. Así se dieron cuenta de que los trabajadores no estaban abandonando la mina, sino que se estaban desapareciendo. Encontraban ropa y restos de huesos en diferentes lugares, y pronto descubrieron que se trataba de un monstruo que se estaba devorando a sus empleados.»

«¿Por qué no abandonaron la mina?»

«Los dueños no permitirían que eso sucediera. El metal cyliorita tiene una gran demanda. La compañía es la más rica en el universo debido a eso,» le dijo Frey. «Me pagan grandes sumas de dinero por ayudarles a mantener las cosas en orden.»

«¿Por qué no capturan o matan a esa criatura?»

«Ya han considerado matarla,» dijo el explorador, «pero decidieron que la criatura era más valiosa que ellos.»

«¿Y mientras tanto siguen reemplazando a los trabajadores que se va comiendo?»

«Pues sí,» dijo despreocupadamente. «¿Qué más podemos hacer?»

«Publiquen una advertencia para los nuevos trabajadores,» dijo ella. «Contraten personal de seguridad.»

«Sí han publicado advertencias, pero los trabajadores se siguen presentando porque la paga es muy alta. No quieren que matemos a la criatura; decidieron que podrían capturarla y hacer dinero así también.»

«¿Dónde están los jóvenes desaparecidos y el Explorador Hastern?» Ella exigió respuesta.

«De seguro ya hasta los digirió el monstruo,» dijo Frey como si nada.

«¿Qué? ¿Quieres decir que no habrá ninguna consecuencia de que cuatro humanoides de Zeta hayan sido asesinados? ¡Tres de ellos eran niños!» dijo ella con fuerte voz.

Hubo una pequeña pausa, después el explorador respondió, «¿Por qué piensas que se formó la Colonia Zeta?»

Silencio. Hubo una larga pausa.

«¿Quieres decir,» dijo la directora con calma, «que Zeta se estableció para alimentar a la criatura mientras la compañía hace sus negocios?»

Después de una breve pausa, él respondió, «Sí.»

Braven no podía creer lo que escuchaba. Zeta era una zona de alimento para el monstruo. ¿Qué tipo de humanoides permitirían eso? Los dos estaban en shock. Skylar comenzó a llorar. Braven puso su mano en su espalda para consolarlo.

«No creo que pueda seguir escuchando esto. Necesito pensar,» dijo la directora. Ordenó que no soltaran a Frey y que permaneciera un guardia con él y otro afuera de la puerta. Ella salió.

Los dos jóvenes salieron de la oficina después de la directora.

«¿Skylar? ¡Braven!» Los abrazó a los dos. Después le

preguntó a Braven dónde había estado y a Skylar por qué estaba afuera a esas horas de la noche.

«Señora, necesito explicarle lo que pasó.»

«¿Ya te vieron tus papás?»

«Todavía no, apenas llegué y vi que estaban llevando a Frey al edificio, y quise venir a escuchar,» él dijo.

«Vamos a ver a tus papás ahora. Los dos están inconsolables, y después hablaremos. Quiero escucharlo todo.»

«¿Está bien si Skylar sigue siendo mi amigo?» preguntó Braven.

«Claro que sí; Skylar estaría muy contento de poder serlo. Temía por la seguridad de mi hijo, y por eso te pedí que te mantuvieras alejado de él. Discúlpame, Braven. Sabía que algo no andaba bien,» ella dijo.

El trío se dirigió a la unidad de Braven. Papá y Mamá estaban felices de ver a su hijo de regreso. Abrazos y lágrimas los inundaron.

Después de un largo tiempo de bienvenida, Braven comenzó a explicar todo lo que había sucedido en los últimos siete días.

Papá trajo comida para Braven mientras platicaba su historia. Todos estaban aterrorizados.

«Vinieron por ti porque sabían que tú estabas al tanto

de todo lo que estaba pasando. Seguramente fue lo mismo que pasó con el Explorador Hastern,» dijo la directora.

«Entonces, ¿a cuántos humanoides de Zeta han tomado?» Braven preguntó.

«Ahora que tú estás de regreso, sólo a los dos chicos y al explorador,» ella respondió. «No he tomado un censo aún, pero lo haré ahora mismo.»

Braven estaba triste. Weston se había convertido en un buen amigo para él; lo iba a extrañar mucho.

«Mantendremos todas las luces encendidas durante toda la noche otra vez. Eso mantendrá al capródromos fuera de la colonia,» dijo la directora.

«Entonces, ¿es un capródromo?» preguntó Braven.

«Los capródromos sí existen,» dijo Skylar. «Te lo dije.»

Braven sonrió. «Así es. Perdón por no creerte.»

La Directora Scapole tomó su dispositivo para comunicarse con los colonos. «Cualquiera que no aparezca conectado, investigaré si aún está aquí,» ella dijo.

«Ahora, Braven, no puedes permanecer solo ni un momento. Punto. Siempre debes estar acompañado. Tú sabes más de esta situación que cualquier otra persona, y seguramente regresarán por ti. Por favor mantente alerta.»

Después se dirigió a sus papás. «Colocaré a un guardia de seguridad con Braven y con ustedes dos. No quiero que nada más les suceda. Su declaración será una parte muy importante para iniciar la batalla legal contra esa compañía y para poder derrocarla por todo lo que han hecho.»

Desde su tableta de datos ordenó que vinieran dos guardias de seguridad. En solo minutos, dos guardias armados tocaron a la puerta. Les dio las órdenes y ellos las acataron apropiadamente y permanecieron afuera, uno de cada lado de la unidad.

La directora checó la respuesta de todos los colonos en su dispositivo. Se percató de que algunos de los colonos no se habían conectado y decidió ir a buscarlos. Mandó un mensaje público ordenando que todos permanecieran en sus unidades toda la noche con puertas y ventanas aseguradas, y que todos asistieran a una junta a la mañana siguiente, dos horas después de que saliera Capria en la cafetería. Quería advertirles a todos acerca del peligro. Los papás de Braven se ofrecieron para ayudar a buscar a los colonos que no se habían conectado al sistema N-Line. Les asignó que visitaran dos unidades mientras ella y los jóvenes visitaban otras dos. Los guardias los iban a acompañar. El grupo acordó volver a juntarse después de quince minutos en la unidad de la directora.

El grupo de Braven se dirigió a la unidad de la directora a la hora acordada. Habían podido localizar a todos los que no habían respondido. Mamá y Papá regresaron después y les contaron algo que habían descubierto. Mesilia, la joven que estaba a cargo de la unidad médica había escondido a Weston. Sabía que algo no andaba bien cuando escuchó a dos hombres hablar acerca de capturarlo, así que rápidamente lo transportó a su propia unidad y ahí lo había estado cuidando. Estaba contenta de ver a los Triton ya que había escuchado que Braven estaba desaparecido, y sabía que podía confiar en ellos.

«¿Dónde está? ¿Puedo verlo?» Braven estaba muy contento.

«Pensamos que sí,» dijo Mamá. «Te llevaremos allá si la directora nos lo permite.»

«Claro que sí. Yo iré con ustedes,» dijo la directora felizmente.

Llegaron a la unidad de Mesilia. Braven no lo podía creer. Abrazó a Weston. Los dos habían formado una conexión por haber estado secuestrados.

«Escuché que estuviste desaparecido y que tal vez hasta habías sido la cena del monstruo,» dijo Weston.

«Yo también escuché lo mismo de ti, ¡te tengo que contar algo!» dijo Braven mientras miraba a los otros.

La directora reconoció la valentía de Mesilia. Sabía que la joven se estaba arriesgando a ser capturada también. También ordenó que colocaran un guardia de seguridad para

Weston en la unidad de Mesilia.

La directora solicitó ayuda de emergencia a la Colonia Alfa a través de su canal privado. Después ordenó un decreto para toda la Colonia Zeta para pedirles que se quedaran dónde están. Ordenó que todo el personal de seguridad estuviera en guardia, que tomaran turnos y que tuvieran sus armas con ellos en todo momento. Sugirió que todos dejaran sus luces encendidas durante toda la noche como medida de precaución.

«Pasaremos así la noche y mañana en la mañana nos reuniremos.» Se dirigió a los Triton. «¿Se puede quedar Skylar con ustedes esta noche? Siento que va a ser una noche difícil para mí.»

«Sí, ¿puedo?» le preguntó el niño a Braven.

Mamá y Papá inmediatamente estuvieron de acuerdo y el joven estaba muy emocionado.

Sección 12

Fugarse

Braven se despertó cuando Capria amaneció. Mientras se alistaba, Skylar se levantó, se vistió rápidamente y esperaba a su amigo. Los dos salieron de la habitación de Braven para encontrarse con sus papás en la sala. Papá le preguntó al guardia de seguridad si podían ir a la cafetería. El guardia observó su tableta de datos y después de unos minutos le dijo que estaba bien. La otra guardia de seguridad los acompañó y todos salieron de la unidad hacia la cafetería.

Se dieron cuenta de que había personal de seguridad armado a lo largo de la colonia. También había dos vehículos voladores. Cuando entraron en la cafetería, vieron a la Directora Scapole sentada en una mesa de la esquina con un hombre y una mujer del equipo de seguridad y que portaban sus insignias. Skylar se quedó con Braven, y él le preguntó si no iba a ir a saludar a su mamá.

«No mientras está ocupada,» él dijo.

Los Triton y Skylar se sentaron en una mesa para disfrutar su desayuno. Los guardias desayunaron de pie a un lado de la pared detrás de su mesa. Braven los invitó a sentarse con ellos.

«No, gracias,» la guardia le respondió.

Braven regresó a servirse un poco más. Sus papás sabían que su hijo no había comido bien en los últimos días, y lo poco que había cenado apenas le empezaba a ayudar a recobrar sus fuerzas. Además, era un chico de catorce años.

La Directora Scapole y los dos oficiales se levantaron para salir. Ella se acercó a la mesa de los Triton y abrazó a su hijo como si no se hubieran visto en días. Hablaron por un rato, y les dijo a los Triton que parecía que todo iba marchando bien. Les preguntó si su hijo se podía seguir quedando con ellos hasta que salieran de la colonia. Después salió junto con la pareja de seguridad. Después de que terminaron de desayunar, ellos también salieron y se dirigieron al commons para unirse a los demás.

Ya se había juntado un grupo alrededor del pabellón. Otros iban llegando desde sus unidades, y también quienes estaban en el edificio administrativo y en la cafetería. La Directora Scapole les pidió a todos que firmaran como 'presentes' en el sistema N-Line, y dijo que comenzaría una vez que todos hubieran llegado.

Braven vio a Weston y Mesilia con su guardia que venían llegando de sus unidades. Les señaló que se unieran a su familia.

La Directora Scapole comenzó a dar explicaciones acerca de los eventos recientes. Braven notó que no divulgó exactamente todo lo que pasó, sino que dio suficiente información para dejar en claro la seriedad de la situación.

Dijo, «La colonia será evacuada temporalmente y todos irán a la Colonia Alfa esta mañana. Les notificaremos la hora de la salida a través del sistema N-Line así que por favor estén al pendiente. Por favor empaquen todas sus pertenencias y preséntense aquí en el commons en su hora de salida. Los vehículos no pueden transportar a todos al mismo tiempo así que vamos a tomar turnos.»

La multitud se dispersó. La familia de Braven regresó a su unidad. Skylar permaneció con ellos. Empacaron sus pertenencias y las pusieron a un lado de la puerta de enfrente. Los Doctores Triton tenían que pasar a sus oficinas para recoger sus cosas. La guardia los acompañó a sus laboratorios mientras el otro guardia acompañó a los jóvenes a la unidad de Skylar para recoger sus cosas. Braven le ayudó a Skylar, y el guardia los seguía.

Braven estaba fascinado con la recámara de Skylar. No tenía los típicos juguetes que tienen los niños de su edad, los suyos eran altamente educativos y de alta tecnología.

«¿Usas todo esto?» le preguntó al niño.

«Sí, cuando estoy aburrido, y los consulto cuando tengo preguntas.»

¿Qué tipo de niño es éste? Tal vez cuando crezca será el genio más inteligente que el mundo haya conocido.

Pusieron todas sus cosas a un lado de la puerta. «Mamá vendrá más tarde por sus cosas,» dijo Skylar.

Los tres salieron y se dirigieron a los laboratorios, y después hacia el recinto. El guardia no hablaba mucho. Había llegado la noche anterior a su unidad, no había dormido en toda la noche y estaba todavía con ellos esa mañana.

«¿Normalmente les mandan reemplazos?» le preguntó Braven.

«Mm, a veces,» le dijo el guardia.

«¿Duermes en algún momento?» le preguntó Skylar.

«Mm, a veces.»

«¿Dices otra frase que no sea 'a veces'?» volvió a preguntar Skylar.

«Mm, a veces,» le respondió sonriendo. Los jóvenes se

rieron.

Un grupo de colonos se empezó a reunir en el pabellón. Habían recibido el mensaje con su horario de salida que ya se aproximaba. Vio a varios de sus compañeros de clase con sus papás.

Braven checó su tableta de datos. Su familia estaba en el grupo que saldría primero dentro de una hora.

«¿Podemos ir a ver a Weston?» Braven le preguntó al guardia.

«Estoy aquí para protegerlos, no para decirles a donde pueden o no pueden ir, a menos que no sea un lugar seguro,» les dijo.

Los tres fueron a la unidad de Mesilia, donde encontraron a su guardia a la puerta. Tocaron a la puerta y Mesilia respondió. Los invitó a pasar a donde Weston estaba empacando sus cosas.

«¿Cuándo vas a salir?» Braven le preguntó.

«Junto con el primer grupo. Mesilia también,» le respondió. «¿Y ustedes?»

«Con el primer grupo también,» dijo Braven. «Ojalá nos toque viajar en el mismo vehículo.»

«Sí, yo estoy contento por salir de aquí.»

Después de que hablaron un poco más, Braven dijo que ya necesitaban regresar al commons para que sus papás no pensaran que lo habían capturado otra vez. Todos se rieron y estuvieron de acuerdo. Los seis salieron hacia el commons donde ya había más colonos reunidos. Mientras esperaban, los papás de Braven se les acercaron.

Braven vio que su guardia no estaba con ellos.

«¿Dónde está su guardia?»

«Ella recibió otro mensaje privado donde le decían que la necesitaban en otra ubicación cuando veníamos de camino. Supongo que solo tenemos un guardia por ahora.» Dijo Papá.

El guardia de Braven dijo, «Seguramente necesitan más personal durante esta crisis.»

«Lo entiendo. Yo estoy contento de poder salir de aquí. Nunca me imaginé que íbamos a estar aquí durante sólo unos días,» dijo Papá.

El grupo empezó a hacer comentarios acerca de la colonia, el transporte, y la vida en Alfa en comparación con Zeta. Braven se sentía aliviado de que pronto se iban a ir.

Dos guardias se acercaron al grupo.

«¿Braven Triton? ¿Weston Hastern?» preguntaron.

«Sí,» los dos respondieron al mismo tiempo.

Los guardias se dirigieron hacia los otros dos guardias y les dijeron que ya se podían ir.

Los dos guardias inmediatamente sacaron sus tabletas de datos. «No me ha llegado ninguna notificación de esto,» dijo uno de ellos.

«A mí tampoco,» dijo el otro.

«Apenas nos dieron la orden, seguramente les llegará la notificación en un momento,» dijo uno de los guardias.

Los guardias originales se voltearon a ver. «Oh, esperaremos hasta recibir las notificaciones.»

«Se supone que ustedes deben ir por sus alimentos y descansar un poco. Ayudar a salir a toda una colonia es una operación muy pesada, y ustedes estuvieron despiertos toda la noche. Recibirán la orden. Nosotros vinimos a reemplazarlos temprano para que tengan un poco más de tiempo de descanso, así que por favor ya retírense,» dijo uno de los nuevos guardias.

Los dos guardias originales se alejaron un poco para checar sus dispositivos y para hablar sin que los oyeran.

«Vamos chicos, ya vayan a descansar,» les dijeron.

«Vamos a esperar la notificación. Normalmente no se demoran mucho. Ustedes pueden esperar con nosotros mientras las recibimos,» dijo el guardia de Braven.

Se notaba que los nuevos guardias estaban enojados con su respuesta. El grupo observó mientras los dos se dieron la vuelta para regresar por el mismo camino que llegaron.

«Gracias,» les dijo Weston. Él le informó al grupo que los guardias siempre deben seguir el protocolo. Para poder cambiar de turno, deben primero recibir la orden de sus superiores, a través de su canal privado. Algo andaba mal.

«Los llevaremos a un lugar más seguro,» dijo uno de los guardias. «Síganos por favor.»

Caminaron hacia la cafetería mientras los guardias revisaban el área. Uno caminaba enfrente del grupo y el otro detrás de ellos. Mientras se acercaban al edificio, el guardia de enfrente levantó el brazo para indicar que se detuvieran y guardaran silencio. Él entró a la cafetería y momentos más tarde les informó que era seguro que entraran también.

La cafetería estaba vacía. Les dio instrucciones de que se sentaran mientras él revisaba su dispositivo de datos. El segundo guardia se quedó a la puerta de entrada y vigilaba el patio.

«Weston, ¿qué está pasando?» Braven susurró.

«Están siguiendo el Protocolo de Fugarse, o PDF. Cuando sospechan que las cosas no marchan bien, están entrenados para salir inmediatamente de la escena y esconderse hasta que sea seguro salir. Esos dos guardias pudieron haber sido impostores enviados para hacernos daño. Todos necesitamos permanecer alerta y listos para cualquier cosa.»

El grupo estaba sentado esperando. El primer guardia se fue con el otro que estaba a la puerta y conversaban en silencio.

Braven recordó que le habían dado instrucciones de que 'no confiara en nadie.' Se preguntaba en quién podía confiar si incluso los guardias de seguridad estaban tratando de capturarlo. Se sentía a gusto con los dos primeros guardias y estaba contento de que los hayan mandado a ellos a cuidarlos y no a los otros dos. *Los otros dos tal vez ni siquiera sean guardias de seguridad. Tal vez trabajen por el campamento minero, no sabemos ni en quién confiar.*

«Eso no suena como protocolo,» Braven escuchó a uno de sus guardias.

«Lo sé, pero aquí dice,» el otro le mostró su tableta de datos.

El primer guardia la examinó. «Mira cómo está escrito. Definitivamente no proviene de nuestro superior,» él dijo.

Weston se levantó y se unió a los guardias. «¿Qué necesitamos hacer?»

«Cerraremos las puertas con seguro y permaneceremos aquí por ahora. Solamente hay dos puertas, ésta y la de atrás. Tú quédate aquí,» le dijo al otro guardia, «nosotros iremos a cerrar la otra puerta.»

Les pidió a Papá y a Weston que le ayudaran a mover algunas mesas y cosas para colocarlas alrededor de la puerta trasera.

Mamá se acercó a Skylar y le dijo, «Tú no, amigo.» Él se quedó cerca de ella. A Braven le empezó a doler la rodilla otra vez, se sentía aliviado de poder estar sentado.

Papá y Weston lo siguieron. Movieron un gabinete grande y lo colocaron en frente de la puerta, y colocaron otro enfrente del primero para que no se moviera. Examinaron el interior de la cafetería para asegurarse de que no hubiera otra puerta, y después se volvieron a unir al grupo.

Uno de los guardias vigilaba mientras el otro observaba su dispositivo. Todos estaban sentados y se preguntaban qué iba a pasar. Weston les dijo a los guardias que podían contar con su ayuda.

Esperaban, pasaron varios minutos, observaban sus tabletas y se enteraron de que la hora de su salida se estaba acercando. Los guardias decidieron que deberían ir a recoger sus cosas y dirigirse hacia el transporte.

Salieron del edificio y con precaución fueron hacia sus unidades por sus cosas. Weston, Mesilia y un guardia fueron a su unidad; los Triton, Skylar y el otro guardia fueron a su unidad.

Cuando llegaron, Braven notó que habían movido sus cosas. «Mamá, Papá, ¿ustedes pusieron alguna cosa en mis maletas?»

«No, nosotros hemos estado en nuestros laboratorios,»

dijo su papá.

El guardia inmediatamente les pidió que dieran un paso atrás mientras él revisaba su equipaje. Determinó que no había nada inusual, pero le pidió a Braven que le avisara si veía cualquier cosa fuera de lo ordinario. Braven la revisó y encontró un pequeño contenedor que no había visto antes. El guardia lo examinó con cuidado.

«Deja todas tus cosas aquí. Necesitamos ir a encontrar a los otros,» le informó. Accedió a su dispositivo.

Regresaron a la cafetería sin sus pertenencias. Encontraron al grupo de Weston, quienes ya los estaban esperando. Los guardias exploraron el edificio para asegurarse de que era seguro entrar. Ellos conversaban en silencio. Uno de los guardias sacó su tableta de datos mientras el otro vigilaba.

«¿Dónde está mi mamá?» Skylar preguntó.

«En su oficina. Ella sabe dónde estamos y nos ha pedido que permanezcamos aquí hasta que nos dé indicaciones otra vez.» respondió uno de los guardias.

El niño se quedó conforme con la respuesta.

El grupo escuchó el aire soplar fuerte cuando la propulsión del transporte se encendió. Los guardias permanecieron en silencio y observaban la escena.

«¿Nos podemos ir con ellos? Se supone que nosotros

salimos en el primer grupo,» Braven preguntó.

El guardia levantó su mano y no dijo nada. Los dos permanecieron firmes, uno revisó su tableta de datos.

Los colonos se juntaron rápidamente en el commons y se empezaron subir en el transporte.

«¿Vamos a perder nuestra salida?» Papá les preguntó a los guardias.

«Señor, tenemos órdenes de protegerlos a cualquier costo. Nos dieron indicaciones de permanecer aquí hasta nuevo aviso. No nos han autorizado salir. Si los vehículos se van sin nosotros, ya mandarán otro más tarde. Tienen la cuenta exacta de los humanoides que hay en Zeta,» dijo uno de los guardias.

Su respuesta pareció haber calmado a Papá. Él tomó la mano de Mamá y le dijo algo al oído. Ella respondió asintiendo. Mamá se veía preocupada. Skylar estaba sentado en medio de Mamá y Braven. El niño estaba alerta y al pendiente de cualquier movimiento y palabra que decían. Mesilia sujetó el brazo de Weston. Braven continuaba observando lo que pasaba a su alrededor.

El grupo escuchó los motores de los vehículos encenderse. Mamá, Mesilia y Skylar estaban ansiosos. Papá trataba de calmar a todos diciéndoles que los guardias estaban entrenados para actuar en situaciones como esa, y que los mantendrían protegidos.

«¿Cuándo nos podremos ir? ¿Mi mamá sigue aquí?» el niño preguntó nerviosamente.

El guardia que veía su dispositivo le respondió, «Ella aún sigue aquí. Está en comunicación con Alfa y recibiendo sus órdenes. Ella sabe dónde estamos y nos ha pedido que no nos movamos de aquí.»

Esa información ayudó a Skylar. Sabía que su mamá estaba a cargo, y ella siempre tomaba buenas decisiones. Braven se preguntaba dónde estaba y si era seguro confiar en los guardias.

El sonido de los transportes cambió, indicando que estaban a punto de despegar. Solamente pensar en que se iban a quedar en peligro lo ponía de nervios.

«¿Nos vamos a poder ir en el siguiente…»

Se escuchó una fuerte explosión. El edificio tembló del impacto.

«¡Aaahh!» exclamó uno de los guardias. La conmoción en su rostro fue aterradora.

«¿Qué?» le preguntó el otro guardia asustado.

«¿Qué pasó?» todos preguntaron.

Los dos guardias salieron y no podían creer lo que vieron. Finalmente, uno de ellos anunció, «¡Los vehículos explotaron!»

Sección 13

Fugitivos

«¿Qué?» todos respondieron con terror en sus rostros. Skylar comenzó a llorar. Braven lo abrazó. Mesilia se aferró con más fuerza al brazo de Weston. Los rostros de los papás de Braven estaban inundados de preocupación.

El guardia checó su dispositivo. «Necesitamos encontrar un lugar más seguro,» le dijo a su compañero.

«¿Dónde? Sólo hay algunos edificios aquí,» el otro guardia le respondió.

«No sé, pero no sabemos si la directora ha sido afectada,» dijo. «Si es que sí, entonces todos estamos en peligro.»

«¿Mamá?» Gritó Skylar.

«No te preocupes, Skylar. Los guardias nos están protegiendo y tu mamá está bien,» Braven le dijo. Mamá se acercó a los dos y los abrazó.

Papá y Weston se acercaron con los guardias. Ellos idearon un plan y la manera de llevarlo a cabo.

«¿Weston?» preguntó Mesilia usando su traductor. «¿Necesitamos un lugar más seguro?»

«Sí,» le respondió el explorador. «¿Conoces alguno?»

«Sí, hay una habitación asegurada detrás del centro médico. No estoy segura para qué la usan, pero la podemos cerrar con seguro,» ella respondió.

«¿Nos puedes llevar ahí?» le preguntó un guardia.

«Con mucho gusto,» ella dijo.

Los guardias decidieron que lo mejor era salir por la puerta de atrás del edificio, así que le pusieron seguro a las puertas de entrada, quitaron los muebles que habían puesto para bloquear la puerta, y salieron. El centro médico tiene su propia entrada y estaba anexado a un lado del edificio administrativo.

«Iré a checarlo primero,» dijo un guardia. Mesilia le indicó la ubicación de la habitación y él fue a revisarla.

Braven observó al guardia salir y caminar con cuidado por detrás de los edificios y hacia su objetivo. El otro guardia checaba su dispositivo por nuevas indicaciones.

Cuando llegó el guardia, entró al centro médico y le indicó al otro que los empezara mandar ahí de uno por uno.

Weston caminó con cuidado hacia el edificio más

cercano para desde ahí guiar a los demás, y Mesilia se le unió con cuidado. Después siguieron Papá y Skylar. La rodilla de Braven no le permitía ir muy rápido. Pudo caminar dos pasos y se tuvo que detener. Le dolía mucho toda la pierna. El otro guardia rápido fue a ayudarlo. Braven puso su brazo alrededor de su hombro, y así pudieron llegar hasta donde estaba Weston. Se detuvieron por otro momento, y Mamá caminó hacia donde estaban para checar a su hijo. Después ella continuó para unirse a los demás. El guardia volteó de espaldas a Braven, se inclinó un poco y le dijo que se subiera a su espalda. Braven puso sus brazos alrededor de su cuello y el guardia se levantó y lo llevó en la espalda cuidando que su pierna lastimada no se moviera mucho. Braven hizo mueca porque le dolía llevar la pierna lastimada colgando. El guardia lo sujetó bien y se fue corriendo como si no pesara nada. Weston fue el último que llegó a la instalación.

Dentro de la clínica, se dirigieron a la habitación de atrás. Una cortina para separar las dos camas colgaba de la pared del fondo y estaba corrida a lo largo de la pared. Mesilia la retiró para abrir una puerta oculta. Dentro del cuarto de tres metros cuadrados, había varias piezas de equipo médico y materiales. El grupo de ocho personas estaba un poco incómodo adentro. Había un candado puesto en el exterior, pero no en el interior.

«¡Oh no!» exclamó Weston.

«No hay problema,» dijo un guardia, sacó algo de su cinturón y comenzó a trabajar en la cerradura de la puerta. En cuestión de segundos logró invertir el candado de la puerta y así la pudieron asegurar desde adentro.

«Necesito una herramienta como esa,» le dijo Weston.

El guardia se río. El otro guardia jaló la cortina y la colocó en frente de la puerta. Después la cerró y la aseguró. Dijo susurrando, «Necesitamos guardar silencio.» Todos se callaron. Checó su dispositivo para ver si había algo nuevo, pero nada.

Todos estaban sentados. El silencio atormentaba. Todos checaban sus dispositivos. No había nuevas indicaciones.

«¿Cuáles son los planes?» Papá le preguntó al guardia en silencio.

El guardia respondió, «Nos quedaremos un rato aquí y pensaremos en la mejor opción. Hace mucho que no recibo ningún tipo de mensaje del sistema N-Line. Tal vez ya no esté funcionando, y si ese es el caso, ya no nos podremos comunicar con nadie.» Se volteó con el otro guardia y hablaron en silencio. El otro guardia asentía lentamente.

Pronto, un guardia decidió que iría a inspeccionar el área. Weston se ofreció para acompañarlo, lo cual tenía sentido puesto que ese era su trabajo como Explorador de

Descubrimientos, y el guardia apreció la oferta. El otro guardia se quedó con los otros en la habitación asegurada.

Los dos lentamente abrieron la puerta y salieron sin hacer ruido. Lentamente cerraron la puerta de nuevo. El otro guardia le puso seguro por dentro.

El guardia presionaba botones en su dispositivo, pero se veía frustración en la expresión de su cara. No había comunicación con nadie. Al fin decidió cerrarla, recargó su cabeza en la pared y cerró sus ojos. Braven veía que se sentía frustrado y desesperanzado. Su responsabilidad era protegerlos, pero como toda la comunicación estaba cortada, no sabía cómo hacer bien su trabajo.

Permaneció quieto por varios minutos y de pronto abrió sus ojos y tomó su dispositivo, lo checó, volteó a ver a Mesilia y regresó la vista al dispositivo. Hizo una búsqueda y volvió a voltear a verla. Ella se veía preocupada por las miradas del guardia.

El guardia le preguntó en silencio, «¿Tu traductor es……» volteó a ver su dispositivo y continuó, «…Tertia Modelo 903?»

Ella se veía confundida. Con señas, ella le dijo que no sabía.

«¿Lo puedo ver?» él le preguntó. «Tendré cuidado.»

Mesilia parecía consternada. Braven sabía que, sin su

traductor, ella no podía oír ni entender ningún otro idioma que no fuera Blauken, y no había nadie más de su especie en Zeta. Ella lentamente se lo quitó del oído y se lo dio al guardia.

Él lo examinó y miró su dispositivo. Ingresó algunos datos y miró otra vez el traductor.

Estaba muy concentrado. «¿Por qué?» dijo en silencio. Tecleó más, vio el traductor, e ingresó aún más datos.

«¿Qué estás tratando de hacer?» le preguntó Papá.

«Creo que puedo encontrar la manera de mandar una señal con este traductor,» explicó el guardia sin quitar la vista del dispositivo. «Los fabricantes del Tertia 903 instalaron las herramientas para poder cargar y descargar diferentes idiomas como todos los traductores, pero también incluyeron una opción para poder comunicarse directamente con el proveedor del servicio en caso de mal funcionamiento.»

«Pero estamos en Jedira,» dijo Mamá. «Ese fabricante no está en este planeta.»

«Sí, pero con la base de datos PLI, hay varias funciones especiales para todos los traductores. Los modelos más recientes tienen esta función instalada.»

«¿Cómo se podrá hacer eso si cortaron el sistema N-Line?» preguntó Papá.

«El N-Line sirve para comunicaciones planetarias. Estos

datos llegan por satélites PLI que rodean cada planeta habitable,» le respondió.

«¿Qué es PLI? ¿Deberíamos saber eso?» preguntó Papá.

«Programa Lingüístico Intergaláctico, creo, pero no estoy seguro,» le dijo. «Pero bueno, así comparten idiomas los traductores entre planetas para todas las especies humanoides. Existen múltiples idiomas en todos los planetas habitados. El PLI unifica los idiomas a través de los traductores.»

El guardia manipulaba su dispositivo y el traductor de Mesilia, hasta poder emparejar ambos dispositivos, y empezó a buscar ayuda.

Después de varios minutos, sonrió. «¡Sí!» continuó ingresando datos. Las respuestas se retrasaron. Escribía y esperaba. Esto continuó hasta que se rompió el silencio.

«¿Qué están diciendo?»

«Les conté nuestra situación, pero no tienen registro de la Colonia Zeta.» Suspiró con frustración. «Les dije que es nueva y que se formó de la Colonia Alfa. Les pedí que mandaran un mensaje al director de Alfa.»

Pasaron varios minutos.

«Mm, siguen diciendo que no tienen registro de Zeta.» Miró su dispositivo y dijo en voz alta como si el aparato lo pudiera escuchar, «¿Eso qué importa?»

«¿Qué tal si les dices que Mesilia está con nosotros, y

que estamos en un escondite?» dijo Mamá.

El guardia mandó el mensaje. «Nos están preguntando por su nombre,» él dijo. Todos voltearon a ver a Mesilia. Abrió los ojos grandes y encogió los hombros al ver que todos la miraban.

Le trataron de explicar lo que estaba pasando. Ella no les entendía nada, se veía asustada.

El guardia le pasó su traductor y ella rápidamente se levantó. Él le pidió que ingresara su información. Ella tomó el traductor y así lo hizo. El traductor comenzó a oírse en voz alta. Todos se asustaron y ella bajó el volumen.

Mesilia comenzó a mover su boca. Los sonidos que emitían los Blauken eran supersónicos y la mayoría de los humanoides no los podían escuchar. Su boca se movió, y otra vez sin respuesta. El guardia notó que los datos se ingresaban automáticamente. Se percató de que Mesilia estaba dando instrucciones y que los mensajes que recibía habían sido silenciados, solamente ella podía oírlos.

Después de algunos minutos, ella se sentó. Su traductor regresó a la configuración original. Trató de comunicarse sin el traductor, pero la barrera del lenguaje lo impedía. Finalmente, ajustó el volumen de nuevo y habló. El traductor pronunció, «Ya saben.»

Sus palabras trajeron alivio. Sólo esperaban que la

información llegara a los oídos correctos e hicieran algo por ellos antes de que fuera demasiado tarde. Todos guardaron silencio otra vez.

Todos se quedaron quietos por casi dos horas. Se comunicaban principalmente con señas.

«¿Crees que mi mamá se encuentra bien?» Skylar le preguntó a Braven susurrando.

Él respondió susurrando también, «Estoy seguro de que está allá afuera diciéndoles a todos qué hacer y haciendo planes para venir a buscarte. Tal vez la veamos más tarde.»

Skylar sonrió. Se veía satisfecho con la respuesta. Braven se sintió mal por mentirle, pero no quería preocuparlo más. Él también se preguntaba si la Directora Scapole estaba bien.

El tiempo avanzaba muy lentamente. El grupo sabía la importancia de guardar silencio, pero la tentación de moverse y de poder hablar era prevalente.

¿Dónde están Weston y el guardia? Ya se tardaron mucho.

Papá le preguntó a Mesilia si estaba bien. Ella dijo con señas que sí. Tenía miedo de que su traductor hablara con volumen muy alto.

Dentro de unos minutos, la manija de la puerta hizo un sonido, pero no abrió. Todos levantaron la cabeza y miraron al guardia. Él levantó la mano en silencio. Alguien tocó a la puerta. No respondió. Tocaron otra vez. Nadie se movió, pero todos estaban atentos. Todos miraban al guardia, preocupados por su seguridad. El guardia continuaba señalando que guardaran silencio.

Se escucharon voces afuera de la puerta y luego silencio. Todos permanecieron quietos.

Pasaron varios minutos para que todos se recuperaran del shock. Se quedaron sentados y agradecían que nadie los había descubierto. Estaban agradecidos con el guardia por saber cómo actuar, estaban seguros de que los había salvado de una muerte horrible.

Pasaron otros veinte minutos, y todos estaban quietos. Un golpe suave a la puerta perturbó el silencio. Todos se asustaron otra vez. Era un golpe con un ritmo en código. El rostro del guardia se iluminó y les pidió que permanecieran en silencio. Después se volvió a escuchar otro golpe a la puerta con un ritmo diferente. El guardia lentamente abrió la puerta y levantó su arma. El grupo se movió a la parte trasera del clóset y entraron Weston y el otro guardia. Cerraron rápidamente con seguro.

Braven pensó que el código de los guardias era muy buena idea. Le encantaba ver las estrategias de los guardias y cómo siempre parecía que sabían lo que el otro estaba pensando. *¿Cómo le hacen para llegar a ese punto de comunicación?*

Debe tomarles años y años de entrenamiento.

Weston y el guardia les explicaron que había personal de seguridad por todos lados. No estaban seguros de qué lado estaban, así que sabían que no debían exponerse a la vista de nadie, y por eso decidieron no hablar con nadie. Había varios individuos escondidos en sus unidades. El sistema N-Line y otras comunicaciones fueron cortadas. Vieron a la directora y a dos guardias de seguridad con ella en su oficina. Uno de ellos estaba sentado en la silla de la directora y ella estaba de pie.

«¿Está bien mi mamá?» Braven abrazó a su amigo.

«Parece que sí. Trataremos de hablar con ella más tarde.»

«Entonces, ¿qué haremos ahora?» preguntó Papá.

«Necesitamos seguir siendo pacientes y esperar. Podemos ir a revisar la colonia dentro de un rato. Tal vez cuando se ponga Capria.»

Todos permanecieron sentados y obedecieron las indicaciones. Nadie sabía lo que estaba sucediendo, ni lo que estaba a punto de suceder.

Pasaron otras tres horas. Mamá les mencionó a los guardias que tenían que ir al baño. Todos estaban de acuerdo. Uno de los guardias silenciosamente abrió la puerta y con cuidado tomó un paso fuera del clóset. El cuarto del centro médico estaba vacío. Mesilia los dirigió a un tocador. El guardia salió y miró por detrás de la cortina. Después les dio instrucciones para que aseguraran la puerta. Cada uno dispondría de cinco minutos y sólo podrían abrir la puerta cuando escucharan un golpe código a la puerta. Les demostró el código dos veces. Él vigilaba mientras uno por uno pasaba al tocador.

Era el turno de Braven. Skylar acababa de regresar. Braven caminó cojeando hacia la pequeña habitación. La puerta estaba a dos metros. Entró, cerró y aseguró la puerta silenciosamente. Por fin sintió alivio después de tener que estar en un solo lugar por horas y sin poderse mover.

Terminó y estaba listo para salir. Esperó, pero no tocaban a la puerta indicando que ya podía salir. Se preguntó si simplemente se les había olvidado. Esperó un rato más. Ya habían pasado cinco minutos al menos. Lentamente alcanzó la manija y comenzó a quitarle el seguro. Fuera de la habitación escuchó que alguien cerró una puerta.

¿Qué fue eso? Braven rápidamente comenzó a buscar un lugar donde esconderse. Escuchó voces. *¿Ahora qué?*

Miró alrededor del cuarto. Vio que había un gabinete alto con cajones a un lado. Miró dentro del gabinete y encontró productos de limpieza y una bata de laboratorio. Con cuidado movió las cosas para un lado, y se metió al gabinete, se tapó con la bata y cerró la puerta. Ahí esperó.

¿Le quité el seguro a la puerta? Su mente daba vueltas. *¿Y si me encuentran?* Se le aceleró el corazón.

Las voces se oían más fuerte. Parecían dos voces masculinas. Y una de las voces sonaba muy preocupada. ¡Abrieron la puerta!

«Ya deja de quejarte,» una de las voces dijo con sarcasmo.

«Pues como tú no te pegaste. Necesito una venda,» el otro se seguía quejando.

La puerta del closet se abrió. Braven no se movía. Azotaron la puerta. Se oía que abrían y cerraban las puertas de los cajones.

«No encuentro ninguna aquí,» dijo uno de ellos. «Toma, enrédate este trapo.»

«Eres tan amable,» le contestó el herido sarcásticamente a su compañero.

Los dos salieron de la habitación y Braven escuchó las voces disiparse.

Se quedó dentro del gabinete casi sin respirar. *¿Cómo vamos a salir de esta? ¿Alguien sabe dónde estamos? Si el campamento minero tomó el control de la colonia, ¿Cómo nos vamos a escapar? Nos van a usar de alimento para esa criatura.* Su respiración se aceleró.

Respira, Braven se dijo a sí mismo. Se quitó la bata que le cubría la cabeza porque le había dado calor, pero la mantuvo cerca en caso de necesitarla otra vez. Permaneció ahí por lo que parecía una eternidad. Le comenzó a doler mucho la rodilla por estar agachado en la misma posición por tanto tiempo.

Estiró el brazo para alcanzar la puerta del gabinete, pero no pudo encontrar la manija para abrirla. Buscó en el interior de la puerta, pero nada. *Evidentemente no diseñaron este gabinete para que alguien lo pudiera abrir desde adentro.* Suspiró. *¿Cuándo van a venir a buscarme? ¿Estarán esperando que yo vaya? Tal vez los encontraron y yo me tendré que quedar aquí para siempre.*

Braven estaba muy incómodo. Le daban calambres en las piernas. La rodilla le dolía. Trataba de moverse y cambiar de posición, pero el gabinete era demasiado pequeño.

Escuchó el golpe código. Abrieron la puerta del cuarto.

«Braven,» uno de los guardias susurró.

«Estoy aquí,» él respondió felizmente.

Abrieron la puerta del gabinete. El guardia le ayudó a salir. La rodilla de Braven no lo podía sostener así que se cayó en el piso. El guardia se inclinó para levantarlo y llevarlo de regreso al escondite.

Todos estaban contentos de ver a Braven. El guardia le ayudó a sentarse a un lado de su mamá, y ella rápido le ayudó también. Braven les platicó a los otros lo que había sucedido. Ellos le dijeron que estaban muy preocupados y pensaban que lo iban a capturar.

Uno de los guardias le mencionó al otro que pronto necesitarían comer algo. El otro revisó su tableta de datos. Se dio cuenta de que Capria ya se había puesto y que probablemente era seguro salir. El guardia y Weston salieron del clóset y se fueron. Cerraron la puerta con seguro. Todos los demás permanecieron sentados y se comunicaban con señas.

Pasó otra hora cuando escucharon un estallido tan fuerte que movió el clóset. Todos se asustaron con el repentino ruido. Todos se empezaron a preguntar qué estaba pasando afuera.

Escucharon el primer golpe codificado a la puerta, seguido del segundo. Abrieron la puerta y vieron a Weston y el guardia acompañado de otros dos militares, un hombre y una mujer. Todos se sorprendieron.

«No se preocupen,» dijo Weston, «Están de nuestro lado.»

«Acabamos de llegar de Alfa,» dijo uno de los soldados.

«¿Qué fue esa explosión?»

«Hay un pleito afuera. Necesitamos quedarnos aquí y esperar un mejor momento para salir,» contestó el hombre. El grupo estaba contento de que hubieran llegado.

«La Directora Scapole nos envió a buscarlos,» dijo la militar. «Ahora mismo está planeando una evacuación.»

«¿Mi mamá está bien?» preguntó Skylar.

«Tú debes ser Skylar,» le dijo ella. «Está muy preocupada por ti, y te extraña mucho. Le alegrará saber que estás bien.» Escribió algo en su tableta de datos.

«¿Está funcionando su N-Line?» preguntó uno de los guardias.

La mujer volteó hacia arriba y respondió, «Nuestras líneas de comunicación están ligadas al Centro de Comunicaciones de Alfa, ya que las líneas de Zeta fueron cortadas.»

«Ahora sólo necesitamos sacarlos de aquí,» dijo el otro militar. «Voy a inspeccionar el área.» Él y uno de los guardias salieron. Cerraron y aseguraron la puerta.

La mujer militar comenzó a explicarles, en voz baja, lo que estaba sucediendo afuera. «Recibimos un oscuro comunicado de una instalación no militar. El Centro de Comunicaciones descubrió que el canal seguro de Zeta había sido cortado. El equipo de seguridad de Alfa reportó que los vehículos para evacuar la colonia no habían regresado. El jefe de seguridad envió tres vehículos con una unidad de seguridad armada a Zeta. Los vehículos aterrizaron a un kilómetro de la colonia, y nuestra patrulla terrestre llegó al perímetro. Los pleitos comenzaron cuando nos vieron. Detuvimos a la mayoría de los insurgentes, pero algunos permanecieron escondidos aquí en Zeta. La colonia aún no ha sido asegurada así que necesitamos esperar.»

La ansiedad se hizo notar. Aunque estaban agradecidos por su llegada, estaban muy preocupados por su propia seguridad. Braven se sintió seguro en compañía de los dos soldados, los dos guardias, un explorador y sus papás, pero temía que algo saliera mal. *¿Y si se escapan en un vehículo volador y explota como los otros? ¿Y si los ven salir y se ven rodeados por los enemigos?* Sacudió la cabeza y volteó a ver a Skylar.

«¿Cómo estás, Skylar?»

«Quiero ver a mi mamá,» el niño respondió tristemente.

«Ya lo sé, pero ya escuchaste a los soldados; dicen que ella está a salvo y ayudándonos. Ella es una guerrera y una heroína,» le dijo a Skylar para darle ánimo.

«Es la mejor mamá del universo,» él dijo.

Braven sonrió y volteó a ver a su mamá. Abrazó a su amigo, y le dijo, «Claro que lo es, Skylar. Claro que lo es.»

Braven notó que Weston regresó a su lugar al lado de Mesilia. Toda esa situación la había perturbado y Weston puso su brazo alrededor de sus hombros para consolarla.

Braven sabía que ella y el explorador tenían una conexión especial, y eso le alegraba.

Sección 14

Libertad

Un golpe con cierto ritmo se escuchó en la puerta. Después un segundo golpe. Uno de los soldados abrió la puerta, y el otro y el guardia entraron.

Ya no hay peligro. El cuartel general ordenó que todo el grupo vaya al punto de encuentro lo más pronto posible. «¿Están listos?» le preguntó a la guardia.

«¿Todos listos?» Ella echó un vistazo alrededor, todos se veían listos. «Sí, estamos.»

Mamá dijo, «No creo que Braven pueda correr mucho de una vez. Tiene la rodilla muy inflamada y le duele.»

«Yo me encargo de él, Señora,» dijo el guardia.

«Vamos a ir de dos en dos. Permanezcan con su compañero y cuando se los indique, vayan lo más rápido posible hasta llegar al siguiente punto.» El rescatista de Alfa les dio instrucciones con mucha autoridad. Levantó el puño y dijo. «Si ven algo inusual, hagan este signo con la mano. Traten de no pernos de vista.»

Dicho esto, abrió la puerta y los soldados salieron hacia la otra habitación que los llevaría a la salida. La mujer permaneció junto a la puerta y el hombre avanzó hacia la habitación. La mujer apuntó a Weston y Mesilia y les indicó que salieran. El par salió. Después apuntó a Braven y su guardia, Braven se subió a su espalda y ambos avanzaron. La mujer esperaba hasta que fuera un buen momento para salir y les señalaba que continuaran. Braven vio que Skylar y el otro guardia esperaban a la puerta.

El guardia llevó a Braven hasta la puerta exterior y se paró. Braven se sentía como una carga porque el guardia lo tenía que llevar, pero se dio cuenta de que así era mucho más rápido. Se les indicó que salieran y caminaran por detrás cada una de las unidades. Al fin llegaron hasta la última unidad de la colonia. Weston, Mesilia y el otro soldado estaban ahí junto con otros dos soldados y la Directora Scapole.

Una fuerte explosión sacudió el otro extremo de la colonia. Todos se agacharon y estaban alerta. Braven vio que Skylar y el otro guardia aún estaban detrás de la última unidad, Finalmente el soldado les indicó con señas que se unieran al grupo. La directora tomó a su hijo en sus brazos y los dos se abrazaron. Después vio a Papá y Mamá llegar, seguidos por la soldado.

«Señora, ¿ya está lista?» el soldado le preguntó a la directora.

«Completamente,» ella dijo mientras secaba las lágrimas de Skylar.

El soldado ingresó datos a su tableta. En sólo segundos, llegaron dos vehículos voladores. Uno de ellos aterrizó a diez metros de ellos. Los soldados en la nave flotante escanearon el área en busca de riesgos potenciales.

El grupo se apresuró a subirse a la aeronave. Minutos después, todos estaban a bordo. Había otros zetanos que también ingresaron a la nave para salir de la colonia, justo antes del grupo de Braven. Los vehículos despegaron y volaron más rápido de lo que Braven había visto jamás.

Todos estaban en sus asientos bien asegurados. Uno de los soldados repartió agua y alimentos. Todos estaban sedientos. La comida estaba deliciosa.

Un soldado abrió un botiquín médico y le aplicó una pomada a la rodilla de Braven. Se sentía tibia y le quitó el dolor casi inmediatamente. Le envolvió la rodilla en un vendaje que automáticamente se ajustaba y se aflojaba periódicamente. Se levantó un reposa piernas de debajo del asiento frente a Braven y así su pierna podía estar elevada.

Braven recargó la cabeza en el asiento y cerró los ojos. Se sentía reconfortado.

La Directora Scapole quería que la pusieran al tanto de la situación. El capitán de la nave le explicó que en el Cuartel General habían recibido un mensaje proveniente del SDIA. Después de confirmarlo, se dieron cuenta de que era urgente y dieron la orden para la evacuación de la Colonia Zeta. Un grupo rival tenía sus propios soldados que se habían infiltrado en sus rangos. La mayoría de esos soldados habían sido detenidos o despedidos. Pronto habrían de encontrar a los demás. Él le explicó su estrategia y protocolo de extracción.

La directora le agradeció por haber venido tan rápidamente al rescate. Estaba contenta de que muchos zetanos estuvieran a salvo, pero también sentía pena por las vidas que se habían perdido en la explosión del primer vehículo que intentó salir.

Braven se asomó por la ventana del vehículo. Se dio cuenta de que no había transcurrido ni un mes desde que él y su familia llegaron a Zeta. Sólo hacía un mes que estaban haciendo preparaciones para salir de sus casas en la Colonia Alfa para irse a Zeta.

Cómo cambian las cosas, y en tan poco tiempo. Estaba contento de que ya había pasado el susto, y en ese momento ni le importaba a dónde los estaba llevando el vehículo.

Estaba contento de estar vivo todavía y lejos de la Colonia Zeta.

El terreno que pasaba delante de él era fascinante. Una sombra aparecía y desaparecía en la flora. A Braven ni le interesaba. Continuó mirando por la ventana mientras su cuerpo se relajaba. Su mente por fin estaba quieta ahora que estaba a salvo y se dirigía a casa. Miró a sus papás con agradecimiento. Era de maravillarse ver que todos se habían salvado. Se le cerraron los ojos. Se acomodó en su asiento para disponerse a descansar, y dejó que le ganara el sueño. Sus últimos pensamientos antes de dormir eran acerca de su casa.

***

Braven rápidamente abrió los ojos. Dos hombres estaban sosteniendo sus brazos y lo estaban levantando de su asiento. Su cuerpo se trataba de zafar hacia atrás. Él gritaba, «¡No!» y agitaba sus brazos para alejarse. Los hombres lo tomaron de los brazos aún más fuerte. Él gritaba incontrolablemente.

«Braven,» dijo Mamá para calmarlo, «Está bien. Están tratando de ayudarte.»

Su corazón latía aceleradamente. Comenzó a hiperventilar. Sus mejillas se le llenaron de lágrimas.

Mamá puso su mano en el pecho de Braven. «Está bien,

Braven. Aquí estamos contigo.»

Braven inspeccionó la escena. Estaba dentro del vehículo. Mamá estaba sentada a un lado de él. Todos lo veían. Los dos hombres retrocedieron.

«¿Mamá? ¿Papá?» Le temblaba la voz.

«Aquí estamos.»

«Te llevarán a la clínica para revisarte. El vehículo aterrizó en Alfa y te están esperando con una camilla para transportarte al centro médico. Están aquí para ayudarte.»

Braven puso sus manos en su cara. Lloró en voz alta. Las lágrimas le seguían escurriendo por las mejillas.

Mamá abrazó a su hijo, lo que le brindó el consuelo que tan desesperadamente necesitaba.

«No me voy a ir de aquí.»

Braven tomó la mano de su mamá mientras entraban a la clínica y a través de los pasillos. Papá los acompañaba, junto con un guardia y otros que Braven supuso eran médicos. Sus papás permanecieron con él mientras lo llevaron a la habitación para revisarlo. El guardia esperaba afuera de la puerta. Lo internaron para tratarle la rodilla y su salud en general. También recibió terapia psicológica para su salud mental.

Braven estuvo internado en el centro médico por veintidós días, y su mamá casi nunca se apartó de él. Su rodilla se recuperó totalmente a través de terapia médica y física. Su salud había sido restaurada.

A través de sesiones de consejería, aprendió a controlar y lidiar con sus miedos, lo que hizo que ya no tuviera tantas pesadillas que le asustaran tanto. Las sesiones continuaron por muchos meses después de haber salido del centro médico.

Durante su estadía en el hospital, Mamá presentó una muestra del ADN al departamento químico de Alfa para su análisis. Los exámenes determinaron que el ADN de la criatura era de un tipo de fauna que no conocían. Los reportes indicaban que la muestra ácida pudo haber provenido de la saliva de la criatura, la cual utilizaba para cubrir a sus presas y así comenzar el proceso digestivo.

A Braven y a sus papás les informaron que el capródromo había sido capturado y transportado a una instalación confinada en otro planeta. Sintió alivio de saber que nunca jamás volvería a saber de esa criatura.

La Colonia Zeta había sido abandonada, la mina fue sellada y la compañía cerrada, los líderes y gerentes de esas corporaciones habían sido arrestados, y Frey estaba en una prisión de Rejaba en la luna de Radzier.

Después de un tiempo, Braven regresó a sus clases con sus viejos amigos. Cuando le preguntaban acerca de sus vivencias en Zeta, su respuesta era que algún día les platicaría.

Con el paso del tiempo, Braven pudo llegar a dormir en paz.

Sobre el autor

Cal Davis ha estado casado con Stephanie desde 1991. Tienen dos hijos y cuatro nietos increíbles. A Cal le encanta ser creativo y escribir cuentos para niños. Es nativo de Texas, veterano de los Estados Unidos, tiene una licenciatura en educación primaria y le encanta el aire libre. Escribe libros con lecciones útiles y cree que "¡Leer debe ser divertido!"

Correo electrónico: caldavisauthor@gmail.com
Sitio web: www.caldavisauthor.com

www.ingramcontent.com/pod-product-compliance
Lightning Source LLC
Chambersburg PA
CBHW071913220626
47052CB00002B/332